N & K

Margrit Schriber

Die hässlichste Frau der Welt

Roman

Nagel & Kimche

Bei den kursiv gesetzten Passagen
handelt es sich um historische Zitate

Der Verlag dankt der
Kulturkommission des Kantons Schwyz
für ihre freundliche Unterstützung

1 2 3 4 5 13 12 11 10 09

Herstellung: Andrea Mogwitz und Rainald Schwarz
Satz: Satz für Satz. Barbara Reischmann
Druck und Bindung: Friedrich Pustet
ISBN 978-3-312-00446-1
Printed in Germany

Das Gespenst im Dorni

Am Wege zwischen Tannen und Dorni in der Gemeinde Morschach sah man lange Zeit eine Frauengestalt im Gestüüde stehen. Ihre langen Haare bedeckten beinah das ganze Gesicht ... Jedermann war die Gestalt unheimlich, und niemand getraute sich, sie anzusprechen. Man vermutete in ihr eine unerlöste Seele ...

Der Pfarrer empfahl Schalchli-Melk, vorsichtig zu sein und vor allem das erste und letzte Wort selber zu sprechen, ansonsten ihn der Geist zu Tode reden könnte.

Nach: Hans Steinegger, *Schwyzer Sagen*

1

Julia hat an seine Liebe geglaubt.
Ihr Impresario liebe sie ihretwegen. So wie Julia sei.
Verwachsen. Behaart. Einem Schimpansen ähnlich.
Bekannt als *Die Affenfrau.*

Rosie habe die Freakshow begleitet. Tanzend. Von einem zum andern Etablissement, quer durchs aufgewühlte Europa. Ihre erotische Darbietung sei der Höhepunkt in der Karriere von Julia Pastrana gewesen. Rosies Schönheit habe Julias Hässlichkeit zur Geltung gebracht.

«Wir waren eine Sensation. Das Publikum hat uns zu Füßen gelegen.»

Sagt sie, Rosie la Belle!

Zwischen zwei Weltkriegen, im Coiffeursalon von Morschach, wo jedes Gelächter zu den Tätschhäusern am Berg und zurück zur Silbergasse hallt. Große Worte in den Ohren der Bewohner eines kleinen Orts, der nichts besitzt als seine Schönheit. In früheren Zeiten «Mordschach» genannt, weil die Alpenplatte von Lawinenzügen und Steilhängen umgeben ist. Abgelegen genug für die Beutezüge mörderischer Riesen. Die Bewohner besaßen nur ihr Leben. So nahmen die Riesen ihnen das Leben.

Wie verirrt sich solch ein Glanz in unseren Ort? Wo es kein Tanzparkett gibt, keine Lüster, um Netzbeine ins Licht zu stellen, kein Orchester, keine Séparées und keine Admirer? Hier gibt es Steine statt Brot. Von Riesen überzwerch hingetürmte Felsbrocken. Bittgänge zu Gnadenstätten. Gesegnete Palmwedel über der Tür, Bildstöcke und Votivtafeln für Kümmernisse und Wunderheilungen. *Dank Erbärmnis ausgelöst von der Galeere, Dutzendmal Danke.* Die Tätschhäuser und Gaden sind dem Schutz der Heiligen Drei Könige empfohlen. Seit jeher ist das Gebirgsdorf von Unheil bedroht. Abgeschnitten im Winter, seine Bewohner auf dem Kirchweg verschüttet, von Steinen erschlagen, von Wildwasser fortgerissen. Eine Generation erzählt der andern die Geschichte von Ungeheuern, gebannten Geistern, einer Mordtat auf dem Kirchhof und von 77 Jungfrauen in einem einzigen Grab. Zur Nachtzeit tanzt blaues Licht um die Sakristei, es ist Lärmen, Rümelen und Tosen zu hören. Und Melchli-Schalk will in den nächtlichen Nebelschwaden beim Betenläuten eine Frauengestalt mit wehendem Bart gesehen haben. Sie ist über die Felsklötze gelaufen. Unter ihren Tritten knackte Geröll, das Geschiebe des Dornireistzugs setzte sich in Bewegung. An ihren Armen schwangen lange Haare wie lose Fäden eines Gewands. Das Unwesen faltete die Hände zum Himmel, als bitte es um Hilfe. Natürlich hat es beobachtet, wie der Rauch aus den Kaminen stieg. Im Morgengrauen schon. Nach dem Betzeitläuten noch. Hunger trieb das Wesen zu den Weiden und Vorratskammern. Die Bewohner mussten ihr Kleinvieh von der Alp holen und in die Ställe treiben. Mussten einen Bittgang nach Einsiedeln machen, sich samt Hab und Gut von der Schwarzen Madonna segnen lassen. Danach war man reinen Herzens, und das Dorni konnte gesäubert werden.

«Der Lärm der Treichler, Hörner und Geißler hat es aus seinem Schlupfloch getrieben und über den Fels gesprengt», sagt eine Generation zur anderen. «Die Bartfrau hat sich in Luft aufgelöst.»

«Frauen lösen sich auf?», fragt die junge Generation die alte. «Wie denn? Erklärt es uns!»

«Die Bartfrau vom Dorni wollte es so. Sie war eine Braut des Winds. Sie hat um Erlösung gefleht. Wir haben sie erlöst.»

«Burlesque-Tänzerin!»

Die wartenden Kunden von Coiffeur Betschart tippen sich mit dem Zeigefinger an die Stirn.

Sie war der einzige Fahrgast, den eine Zahnradbahn vom See auf die Terrasse von Morschach brachte. Der zusätzliche Vorstellwagen wurde seit Jahren nicht mehr angehängt. Gewöhnlich fuhr die Bahn mit leerem Wagen herauf. Die Dame mit der tief ins Gesicht gezogenen Cloche ist im Dorf ausgestiegen. In der Hitze des Nachmittags, da kein Hund den Kopf heben mag, um anzuschlagen. Sie hat ein Lilabein schräg aus der Bergbahn gespreizt, die Fußspitze aufgesetzt, eine Hand leicht über den Ärmel des Kondukteurs gelegt und ihre Schlangenpumps auf unseren Schotter gestellt.

Ich dachte, die Fremden kehren zurück. Wie im Frühling die Vögel.

Bei ihrer Ankunft war dem Ort die Belle Époque nicht mehr anzusehen, da Königin Victoria sich beim Hotel Axenstein aus der Sänfte erhob, das Haupt nach dem Panorama drehte und sich mit dem Seufzer «Most beautiful point in the world» wieder in die Kissen fallen ließ. Die Grandhotels bröckeln vor sich hin. Die Bahn fährt nicht mehr bis vor den Speisesaal. Das Schlittschuhfeld ist vergrast, statt eines Souvenirladens gibt es Gemischtwaren für eine an Kargheit gewohnte Bergbevölkerung und den Coiffeursalon an der Silbergasse.

Sie nannte einen Künstlernamen: Rosie la Belle. Sie wolle künftig mit ihrem Künstlernamen angesprochen werden.

Als Erstes zündete sie eine Zigarre an, reckte ihr Kinn zur Fronalp, paffte ein paar Züge und stieß den Rauch in die klare Luft. Dann presste sie ihre Keksdose unter den Arm und stöckelte mit schlenkernder Handtasche zu meinem Amt. Am Topf der Zimmerlinde klopfte sie die Asche ab, übergab mir die Zigarre, damit ich diese halte, während sie ein zerfleddertes Amtsschreiben auf meinem Tisch auseinanderfaltete, das ihr das Asylrecht von Morschach bescheinigt.

Sie ließ es mich lesen, zupfte die Manschetten aus dem Ärmel ihres Kostüms und richtete die vielreihige Kette auf der Bluse. Danach faltete sie den Wisch mehrmals zusammen, steckte ihn in ihre Keksdose und übernahm wieder ihre Zigarre. Rauchend ist sie zur Silbergasse gestöckelt, wo im Schatten des Coiffeursalons auf der Bank einige Insassen des Armenhauses vor sich hin mümmelten, einer neben dem anderen, die Rücken gekrümmt, die fleckigen Hände auf den spitzen Knien gefaltet. Von Zeit zu Zeit schauerte eine der Gestalten auf, hob den Kopf, sank wieder in sich zusammen, und eine andere schauerte auf, hob den Kopf und sank zusammen. Wie ungleich tickende Uhren in einem Uhrenladen. Als die Fremde sich näherte, hoben alle den Kopf und richteten den milchigen Blick auf sie.

Die Künstlerin quartierte sich ein.

Rosie la Belle zog sich von der Welt zurück.

«Sie braucht Zeit, um nachzudenken», habe ich den Hiesigen erklärt.

Es sind Bauern, Holzfäller, ein Gemischtwarenhändler und ein Coiffeur. Sie haben mich zum Armenvogt gewählt, weil ich ihrer Meinung zufolge die Nase immer in Büchern habe. Es hat geheißen: «Der Immoos-Toni kann das! Zureden. Zuhören. Schreibkram erledigen. Du bist gewählt!»

Ich bin also für das Armenhaus an der Silbergasse zuständig. Die Kammern sind überbelegt. Für Rosie musste eine Matratze vom Estrich geholt und in eine Kammer geworfen werden. Zu dritt oder zu viert belegen die Insassen die Zimmer. Das Armenhaus müsste eigentlich leer sein. Nach einer Bekanntmachung des Landes Schwyz im Jahr 1834 soll es zu jenem Zeitpunkt in unserem Landstrich keine Armen mehr gegeben haben. Ein Federfuchser hatte das ausgetüftelt. Es gefiel den Herren und fand Zustimmung. Eine hübsche Idee. Null Arme! Betteln verboten. Auf die Schiffe mit den Hungerleidern! Wer willens ist zu arbeiten und keine Mühe scheut, sondern zupackt, findet anderswo ein Auskommen. Die Welt ist groß. Die Möglichkeiten sind unermesslich. Lasst sie ziehen!

Dennoch ist heute das Armenhaus an der Silbergasse besetzt. Warum? Coiffeur Betschart kennt die Antwort. «Weil es zu viele Faulenzer, Galgenvögel und Idioten gibt auf der Welt, darum, Toni! Die zählen auf die Gaben des Kirchenrats und unserer Bevölkerung. Zotteln den lieben langen Tag durch die Silbergasse, fläzen sich auf die Wartebank vor meinem Salon und vergessen, wo sie sind, wer sie sind und worauf sie warten.»

Unter meinen Insassen gibt es junge und alte Menschen. Sie sind arm, schwach, ohne Verwandte und finden kein anderes Dach über dem Kopf. Ich kümmere mich um Unterkunft, Essen und Wohlergehen. Schicke sie vor Feiertagen zu Coiffeur Betschart, damit er ihnen die Matte schneide oder Locken drehe. Höre mir ihre Sorgen an, forsche nach Angehörigen, erschnorre Spendengelder, vermittle und schlichte und übermittle der Bevölkerung die Nöte, Ideen und Absichten meiner Insassen.

Der Neuzuzug kommt aus dem Ausland, um hier nachzudenken? In diesem Juwel auf dem Tablett im Alpenpanorama? Betscharts Frage.

Er tanzte mit erhobenem Dachshaarpinsel um mich herum und seifte meinen Bart ein. Ob er das richtig verstanden habe? Dieses Weibsbild hat das letzte Röcheln aus der Zahnradbahn gequält, nur um in unserem Luftkurort nachzudenken?

Er verstehe es richtig!

«Worüber will denn die Vogelscheuche nachdenken?»

«In ihrem Alter arbeiten alle Größen an ihren Memoiren, Betschart. Ehe die Welt sie vergisst, verfassen sie Erinnerungen. Sie setzen schöne Worte für ihr Bedürfnis nach Ruhm und Anerkennung. Sie stellen sich dar nach ihrem eigenen Bild. Zeile um Zeile versichern sie sich ihrer Wichtigkeit. Mehr noch, sie erklären sich der Welt.»

«Welche Größe? Die Burlesque hatte nicht einmal ein Köfferchen. Schlenkerte nur eine Echsentasche und drückte eine rostige Keksdose unter den Arm. Welche Memoiren? Solche an Lasterhöhlen? Auftritte von Federn, Arsch und Glitzerkram?»

Ich habe gar nicht erst versucht, unserem Dorfcoiffeur klarzumachen, dass selbst unter einer Mähne oder einer Cloche eine grenzenlose Welt Platz finden kann.

«Rosie la Belle will hier Angelegenheiten regeln.»

Betschart brach in Gelächter aus. «Erklär mir diese dringlichen Angelegenheiten, Toni! Erklär mir, was eine Person ohne Güter und ohne Anhang auf unserer Alpenplatte zu regeln hat!»

«Sie will Julia Pastrana die letzte Ehre geben! So jedenfalls hat Rosie sich mir gegenüber ausgedrückt. Die letzte Ehre. Ein Versprechen.»

«An ein Monster?»

«Für Rosie war Julia Pastrana kein Monster. Wie ich die Belle verstehe, war Julia die Mutter, die sie nie gekannt, und die Tochter, die sie nie geboren hat. Julia war ihr Leitstern und das Pendel ihrer Schritte. Oder etwas Ähnliches.»

«Mein Gott, Toni! Diese Schrulle soll eine Hiesige sein? Eine, die als erotisches Beiprogramm für eine Abnormität durch die Schaubuden getourt ist? Wo lebst du, Immoos-Toni?»

Im Salon liegen Illustrierte auf. Betschart liest sie von hinten bis vorn. Deshalb ist der Dorfcoiffeur auf dem Laufenden.

«Wo Rosie herkommt, blüht die Illusion. Alles ist Trick. Hirngespinste schießen ins Kraut, plötzlich glaubt das Menschenkind selber ans Vorgegaukelte und gibt sich einen Künstlernamen. Wenn der Name niemanden mehr hinter dem Ofen hervorlockt und die Engagements ausbleiben, kann es geschehen, dass so eine Künstlerin den Schlangenschuh auf unseren Schotter stellt. Hier bin ich! Sie fläzt sich in meinen Coiffeurstuhl und lässt sich auf Kosten der Gemeinde ondulieren, um die verkorkste Existenz mit Wellen im Haar zu Ende zu führen. Mit andern Worten, Toni, deine sogenannte Künstlerin lässt sich durchfüttern von den Gimpeln einer Bergbevölkerung, die den Mist noch im Hornschlitten über die Hänge lenkt und sich abrackert, um etwas zwischen die Zähne zu bekommen.»

Betschart begreife, dass Ausgewanderte aus Langezeit zurückkehren. Ja, das könne er nachvollziehen. Sehnsucht macht krank. Bergler halten es in der Ferne fast nicht aus. Sie verlieren sich in der Ebene, sie können sich dort an keiner Bergspitze orientieren.

Auch dass Fremde zu uns heraufkommen, könne er verstehen. Auf dem Berg ist der Betrachter dem Himmel nah. Die Fremden schlagen mit genageltem Schuhwerk Funken aus dem Schotter, weil die Schönheit des Panoramas Schwung verleiht. Einige kommen, um an den Gnadenstätten in Andacht zu versinken. Auch das leuchte ihm ein. Sie kommen als Bittsteller, werfen Münzen in unsere Sammelbüchsen. Danach verziehen sie sich.

«Sie verziehen sich, Immoos-Toni! Aber diese Person aus der Schaubude lässt sich nieder. Wir füttern sie durch. Und du behauptest, dass wir nur eine Pflicht erfüllen. Wir sind die Ihren, behauptest du. Und da ist es unsere verdammte Bürgerpflicht. Zu allem zitiert sie dich alle Hühnerschiss lang ins Armenhaus, stößt dich auf einen Küchenhocker und sagt: ‹Wir müssen reden!› Du lässt sie reden, Armenvogt! Diese Unbegreifliche. Entgegen der uralten Warnung an Schalchli-Melk, beim Treffen mit der Frauengestalt vom Dorni das erste und letzte Wort selber zu haben, damit der Geist der Frau ihn nicht zu Tode rede.»

«Es gibt Papiere.»

Ich zeigte Coiffeur Betschart die Dokumente. Sie lauten auf eine Rosa von der Fronalp. Nachname unleserlich, ohne Verwandte, ohne Anspruch auf Güter. Das Kind hütete Geißen. Ein Verdingkind. Wir haben es fortgeschickt mit dem, was es auf dem Leib trug. Dazu haben wir ihm ein Brot und ein Amtsschreiben in den Ranzen gepackt. Wir fackeln nicht lang. Damals nicht. Heute nicht.

«Auf der Fronalp fällt das Manna nicht vom Himmel, Toni. Keiner weiß das besser als wir. Da muss jeder Bissen verdient werden. Wenn eine Geiß sich versteigt, muss das Hütekind sich über den Abgrund hangeln, die Geiß an den Hufen sich wie einen Pelzkragen um den Hals legen und rückwärts über das Felsband zur Herde zurücktasten. Geißen sind Besitz, der behütet werden will. Aber was tun diese Verdingkinder? Sie starren aufs gebrochene Kreuz des Vierwaldstättersees hinab, ob etwa der Waisenvater den eigenen Nachwuchs über den See rudere, derweil sie sich auf dem Gipfel die Füße auf den scharfen Felskanten wund schürfen müssen. Falls sie ein Boot ausmachen in der Tiefe, einen tannennadellangen Spleißen auf dem Wasserspiegel, dann schlürfen sie den Rahm von der Milch aus Bosheit. Und betten sich zu den Geißen wie Prinzen und Prinzessinnen.»

Der Waisenvater hat dem Verdingkind auf den Rücken geklopft und es mit dem Auswanderertreck auf die Reise geschickt.

«Schreib einmal, Rösli!»

Die Frau Waisenmutter hat das Fazonettli zu den Augen gehoben, es aber gleich wieder weggesteckt, weil ihr keine Tränen kommen wollten. Das Rösli hat sich nicht mehr umgeschaut. Undankbar, wie Kinder sind. Und hellsichtig, wie nur Kinder sind, die man für lange Zeit der Einsamkeit aussetzt, hat der Goof begriffen, dass sein Zuhause am Punkt aufhört, wo das Gebimmel der Geißen nicht mehr zu vernehmen ist. Dort ist die Grenze, am Ende des Schallbereichs. Von dort an beginnt die Fremde. Vom Kind zum Erwachsenen ist es nur ein Schritt.

Rösli ist quer durch das wogende Gras gestapft. Das Bimmeln der Glocken in den Ohren. Es klang mit jeder Kehre leiser. Vielleicht hat es dem Kind leidgetan um seine Geißen. Außer diesen Tieren hat es ja niemanden gehabt.

Es gibt Briefe von Rösli. Die Briefe gingen in Betscharts Coiffeursalon von Hand zu Hand.

Die Frau Waisenmutter, Gott sei ihrer armen Seele gnädig, hat alle Briefe in ihrem Tätschhaus verstaut. Sie wusste später selbst nicht mehr, wo sie sie hingelegt hatte. Aber sie konnte sich noch an das Verdingkind von der Fronalp erinnern.

Dieses hat alles ins Maul gedrückt, was es an Essbarem greifen, pflücken oder ausgraben konnte. Sein Gesicht war von Beeren verschmiert. Es war immer allein auf der Alp und hat den Berg mit Gestalten der Phantasie bevölkert. Das Kind hat sich auf einen Fels gestellt und seine Schürze dem Himmel aufgespannt, um das Manna zu empfangen. Natürlich sind keine Gaben Gottes in Röslis Schürze getrommelt. Die Flausen im Kopf habe es trotzdem nicht verloren. Es hat mit seinem verschmierten Maul zu den Geißen geredet wie zum Volk Moses', dazu Gesten gemacht, als ob es etwas Besonderes wäre.

Einmal tat Rösli einen Schritt ins Leere. Aber es ist ihm nichts passiert. Dieser Goof ist immer auf den Füßen gelandet. Kein Fleisch auf den Rippen, aber Daherreden wie eine Große. Das war unser Rösli. Der Waisenvogt hat es von der Fronalp heruntergeholt und ins Flachland geschickt, ein herzensguter Mensch, der einem Verdingkind nicht vor der Zukunft stand.

«Das Leben ist ein Gang mit einer Auswahl von Türen»,

pflegte die Waisenmutter den Verdingkindern zu sagen. «Es kommt darauf an, die richtige zu öffnen und an den falschen vorüberzugehen. Doch welche Türen ein Mensch auch öffnet, am Ende erreicht er den Raum, der dunkel ist und kalt. Aus dem keine Tür weiterführt.» Sie fand, es sei ein schöner Spruch. Damit hätten die Kinder ein Rüstzeug fürs Leben.

Zu jener Zeit haben sie in Amerika und Australien Gold gefunden. Das Gold könne einer dort nur so vom Boden aufheben. Im hintersten Krachen haben Knechte, Mägde, Jugendliche, selbst Greise die Mistgabel fortgeworfen. Die Innerschweiz hat Auswanderertrecks zusammengestellt. Die Ärmsten sind aufgebrochen nach Amerika. Darunter auch das Hütemädchen von der Fronalp.

Im englischen Southampton wird der Treck aus Morschach ohne Erklärung vom Schiff geschubst.

Das gelobte Land! Here it is!

Wer wartet denn in Amerika auf ein Dutzend ins Tiefland herabgestiegene Berglümmel und rotznasige Hütekinder? Sie kennen dort drüben kein Bein. Aber alle wollen zum neuen Kontinent.

Auch Rösli.

England ist eine Insel. Rösli war noch nie auf einer Insel. So viel Flachland umgeben von Wasser kann sich ein Bergkind gar nicht vorstellen. Das Meer denkt es sich blau. Enzianblau. Es ist aber bleiern wie die Fronalp im Nebel. Der Vierwaldstättersee ist flüssiges Glas. Darin spiegeln sich Wolken und Berge. Im Meer aber spiegelt sich nichts. Wellenberge wälzen sich ohne Ende. Von Amerika kein Streifen in Sicht.

Der Treck aus der Innerschweiz hat Leute angehalten, «Amerika» geschrien und mit den Armen gefuchtelt. Keiner verstand ein Wort. Am Hafen hat der Treck sich zwischen das Gepäck gesetzt und übers Wasser geschaut. Sich die Beine vertreten, zu Boden geworfen und geschaut.

Schiffe legen an, eins ums andere. Das Rasseln von Ankerketten scheucht die Bergler auf, sie rennen mit ihrem Gepäck zum Steg und klettern die Schiffsleiter hoch, flink wie Wiesel, rammen dort eine Matrosenbrust, hart wie Stahl. Ein amtliches Schreiben aus Morschach? Das erntet Gelächter. Kein Schiff hat einen freien Platz. Es braucht die Empfehlung von einem Konsul Wanner aus der Schweiz. Es braucht Beziehungen. Vor allem aber braucht es Geld.

Einige Bergler machen sich auf die Suche nach einer Persönlichkeit, die das Missverständnis klären und zur Weiterfahrt nach Amerika verhelfen könnte. Sie werden belächelt. Eine Audienz? Solche ungeschliffenen Gesellen? Platz auf einem Schiff nach Amerika? Ein Witz!

Die Stadthäuser sind eins ans andere gebaut, sehen eins wie das andere aus. Es gibt mehr Schlote als Sterne am Himmel! Kein Gipfel weist unseren Berglern den Weg. Die Einheimischen maunzen wie rammelnde Katzen. Kleinlaut kehren sie zum Hafen zurück.

Der Treck sitzt fest.

Eine Woche verstreicht. Ein Monat.

Rösli hat die Herzen der Schiffe klopfen und ihre Takelage seufzen gehört. Dicht drängen sich Passagiere an Deck. Hände flattern hoch, Tücher wehen, die Passagiere werfen der alten Heimat Kusshände zu oder pressen das Gesicht in die Hände. Die Unsrigen verstehen diese Menschen nicht.

«Schaut! Sie weinen. Warum? Da sie einen Platz gefunden haben. In wenigen Wochen sehen sie das Ufer von Amerika.»

«Es ist honiggelb», meint Rösli.

«Es ist, wie es ist!», entgegnet einer. «Von Schloten bestückt. Rauchsäule an Rauchsäule.»

«Es gibt Manna. Im Hinterland sind Geißen, Kräuterwiesen, riesige zaunlose Gebiete mit Platz für Mensch und Tier.»

«Es gibt, was es gibt, Rösli! Eine neue Arbeit, neue Nachbarn, neue Steilhänge, neue Herren, die das Sagen haben.»

Morschach hat nicht erwartet, je wieder vom Verdingkind Rösli zu hören.

«Diese Trecks waren eine gute Sache», meinte Betschart mit gespitzten Lippen. «Man hat nie wieder von den Auswanderern gehört. Aber dieses Hütekind schrieb Briefe. Und kehrte nach mehr als einem halben Jahrhundert ins Dorf zurück. Wollte bleiben. In dieser Stille, dieser Idylle. Hier kann die Künstlerin nachdenken. Hier gibt es einen belesenen, orthographiefesten Armenvogt. Ihm kann sie ihre Memoiren diktieren.»

Kaum angekommen, hat Rosie das Dorf in Aufregung versetzt. Sie verschwand für einige Stunden. Als sie mit dem Fuß die Tür des Armenhauses aufsprengte, hatte sie die Arme voll Blumen. Sie warf sich auf die Matratze und flocht einen Kranz.

«Wozu, Rosie la Belle? Für wen?»

Wortlos ist die hochtrabende Person damit zum Dorni gestelzt und hat den Kranz in die Tiefe geschleudert. Noch am gleichen Tag bemerkte der Messmer die Bescherung. In der Kirche waren leere Vasen. Auch einige Gräber waren geplündert. Die Geistlichkeit ließ mich kommen, damit ich mir den Schaden ansehe. «Die Spitzen-Burlesque ist über den Ort unserer Besinnung, unserer Hoffnung und Trauer hinweggetanzt.»

«Das hat Folgen!», habe ich Rosie la Belle mitgeteilt. «Du bringst die Bevölkerung gegen dich auf. Du erschwerst mir mein Amt.»

«Ein Kranz für die Bartfrau vom Dorni.»

Das war ihre Erklärung. Rosie saß am Tisch und aß mit großem Appetit. Über ihre Lippen kam kein Wort der Entschuldigung. Sie angelte sich eine gewaltige Scheibe Brot und beschmierte sie dick mit Butter.

«Der nächste Kranz ist für Julia Pastrana.»

2

Rosie la Belle ist Julia Pastrana in England begegnet. Ein Schock. Weder zuvor noch danach hat sie jemals etwas Hässlicheres gesehen. Julia Pastrana wurde zur Schau gestellt. Die Ankündigung der *Affenfrau* leuchtete von den Aushängen mehrerer Kontinente.

Tier oder Mensch?, fragt das Plakat.

Was wusste denn Rosie!

Im Jahr achtzehnhundertfünfundfünfzig zählt sie zwölf Jahre und nennt sich noch Rösli. Ihr Treck ist eben in England gestrandet.

In diese Zeit fällt die Ankunft von Julia Pastrana.

Sie kommt in Begleitung des schönsten Manns, den Rosie je im Leben gesehen hat. Gewandt, brillant, mit allen Wassern gewaschen. Der geborene Verführer. Theodor Fairchild Lent: sein Name. Tierhändler und Impresario. Er macht missgebildete Kreaturen ausfindig. Kauft und verkauft seltene Exemplare. Weiße Tiger, ein zweiköpfiges Kalb, sprechende Papageien, tanzende Affen und andere Raritäten. Er richtet die Tiere ab und lässt sie ihre Kunststücke dem Publikum vorführen. Dann verkauft er sie dem Meistbietenden. Julia ist Lents Neuerwerbung. In Boston entdeckt. Und schon auf dem Gipfel des Erfolgs.

Das Schiff aus Übersee ankert an der Mole, an der Rosies Treck auf dem Boden hockt. Kisten mit exotischen Früchten werden an Land gebracht. Die Träger galoppieren an der Deichsel ihrer Handkarren zu den Lagerhallen. Bis nur noch ein Käfig an Deck steht. Luftlöcher sind in die Wände gebohrt. Und über die Breitseite steht in schwarzer Schrift: *Tierbändiger Lent*. Der Besitzer verhandelt mit Schiffern und Fuhrleuten. Das Tier wartet, bis es an Land gebracht wird.

Das Tier wäre besser dort geblieben. In Amerika.

Die Bergler starren den Käfig auf dem Postschiff an. Sie hätten sich nicht nach Europa verschiffen lassen. Nicht ums Verrecken!

Über diese Investition von Tierbändiger Lent kursieren Gerüchte. Sie kommen dem Treck zu Ohren. Das Kind Rösli malt sich die Geschichte aus. In seinem Kopf wird das Bild mit jedem Tag farbiger. Denn Bilder sind Zünder, die suchen sich ihren Platz. Als ob nichts wäre, entfachen sie dort ihr prasselndes Feuerwerk.

Diese Bilder hat sie Jahrzehnte später nach Morschach gebracht. Sie besaß ja sonst nichts.

Der Tierbändiger war immer auf der Suche nach Raritäten. «Er hörte die Flöhe husten.» Wie Rosie fand.

Er hat von der Vorführung einer Bärenfrau gehört. Sie sei terrifically hideous. Die distinct Bearwoman sei auf dem Weg zum Ruhm. Sie tanze Walzer. Sie soll Rothäuten gehört haben. Julia sei in den Besitz des Gouverneurs von Sinola gekommen. Dieser pflegte seine Gäste mit dem Auftritt seiner grotesken Zofe zu überraschen. Er habe sie einem Schausteller namens Rates verkauft. Nach Erfolgen am Broadway wäre sie für ein Vielfaches in die Hände eines Promoters mit dem Namen J. W. Beach übergegangen. Bei einer Militärgala hätten die tapferen amerikanischen Offiziere sich darum gestritten, wer das Geschöpf in cremefarbenen Stiefeletten herumwirbeln dürfe. Sie sei die Überraschung der Gala gewesen. Leicht und graziös habe sich die Misnomered Bearwoman nach links und nach rechts im Kreis bewegt.

Dieses Geschöpf interessiert Tierbändiger Lent. Er findet heraus, dass es in Boston gleichzeitig in zwei verschiedenen Ausstellungen auftritt. Sowohl die Vorführungen der Horticultural Society als auch jene der Boston History Society seien ausverkauft. Doch es gelingt Lent, noch einen Platz in der Vorführung von Promoter Beach zu ergattern.

Der Vorführung folgt er zuerst mit Skepsis, dann mit wachsendem Interesse. Denn die Bärenfrau tanzt und singt. Etwas wie Julia hat er noch nie gesehen.

Am nächsten Tag lenkt er sein Fuhrwerk erneut zur Ausstellung. Mit der Peitsche knallt er sich den Weg zu Julia frei. Lenkt sein Pferd exakt vor Promoter Beachs Stiefelspitzen, rollt wortlos einen Käfig von der Ladefläche, in dem ein weißer Tiger kauert, bindet ein zweiköpfiges Kalb am Käfig fest, pflanzt drei Papageienstangen auf. Und auf Pfiff springt ein bekleideter Affe auf seine Schulter.

«Was ist das, Mister Beach?» Lent deutet auf seine Raritäten.

«Ein Haufen Mist», antwortet Promoter Beach

«Es sind die Geschöpfe des Tierreichs, die den Menschen am getreuesten imitieren, Mister Beach.»

Lent nähert sich Julia, die hinter ihrem Promoter auf dem Boden hockt. Mit der Spitze der Peitsche säuselt er um ihren Bart. Julias glanzlose Augen folgen dem Kreisen der Schnur. Sie sperrt das Maul auf, um nach der Spitze zu schnappen. Das Gebiss scheint kurz auf und klackt laut zusammen. Raunend weicht das Publikum einen Schritt zurück.

«Aber, Mister Beach, was ist das? Mensch oder Tier?»

«Who cares? Es ist die Weltsensation!»

«Who knows?»

Lent zieht eine goldene Uhr aus der Brusttasche, hält sie Beach ans Ohr. Dann bindet er die Uhrkette seinem Affen um den Hals. «Was ist das? Mister Beach!»

«Eine Uhr.»

«So spricht ein Narr, Mister Beach. Das ist eine Versicherung. Ihr Lebensabend. Mit diesen Geschöpfen, samt dieser Uhr, hat ein Mensch für immer ausgesorgt.»

Beach schweigt.

Lent tritt auf Julia zu. «Sing!»

Die Bärenfrau schnellt auf die Beine. Sie mustert ihren Promoter, der mit der Uhrkette am Hals des Affen spielt. Dann richtet sie den Blick auf Tierhändler Lent. Er lächelt ihr zu. Sie streicht die Bartfäden vom Maul und beginnt zu singen. Leise zuerst, zaghaft, ihr Kleidchen schaukelnd zur Melodie. Lent staunt über den Zauber, den ein so hässliches

Wesen beim Singen entfalten kann. Es ist unbegreiflich. Sein Angebot gilt. Er setzt seine Habe auf das Wesen.

Seinen gesamten Besitz habe er auf Julia gesetzt, wird diese später der Rosie erzählen.

«Vielleicht sagte es die Affenfrau zu sich selbst», erklärte mir Rosie. «Sie wollte sich versichern, dass eine so hässliche Person wie sie einen Wert besitze. Dass *er* ihr Wert beimisst. Ein attraktiver Mann wirft ein Vermögen fort, um Julia Pastrana zu kaufen.»

Nach Rosies Schilderung ist Lent ein Geschäftsmann durch und durch.

Er hält den benetzten Finger in die Luft. Der Wind weht von Europa, sagt sich Mister Lent. Und wo der herweht, wiegt man Abnormitäten in Gold auf. Der alte Kontinent ist gierig auf Sensationen. Was den Holzköpfen dort fehlt, das ist ein Impresario meines Schlags mit einer Abnormität wie der Pastrana.

Auf der Überfahrt von Amerika verwandelt sich die Bärenfrau in eine Affenfrau. Ihrem neuen Besitzer scheint diese Bezeichnung passender. Der belesene Impresario weiß, dass der europäische Adel sich seit jeher mit interessanten menschlichen Exemplaren umgeben hat. Alle königlichen Menagerien zeigten seltene Geschöpfe, wie den Haarmenschen Pedro Gonzales und seine Kinder. Sie standen so hoch im Kurs, dass ihnen ein eigener Wärter zugewiesen wurde. Zwerge gelten bis heute als beliebte Mittel der Kurzweil. Auch der Lachende Mann ist gern gesehen. Weil der Natur selten ein solches Meisterstück gelingt, wird es künstlich hergestellt. Man fabriziert den Lachenden Mann aus Kindern, deren Nase man eindrückt, die Stirn zu Falten zerschneidet und das Maul bis zu den Ohren aufschlitzt, damit diese Menschen für alle Zeit lachen. Sonderbare Geschöpfe kommen aus China. Bis zum neunten Altersjahr werden sie in phantasievoll geformten Tontöpfen aufgezogen. Ihr wachsender Körper nimmt die Topfform an.

Aber mit einer Affenfrau, findet Impresario Lent, könne er mithalten.

Bei der Ankunft im Hafen von Southampton ist der Käfig mit Brettern vernagelt. Sein Inhalt uneinsehbar. Die Luftlöcher deuten auf ein Tier. Diese Kiste wird vor den Augen des Trecks vom Postschiff auf ein Fuhrwerk gehievt. Der Karren rumpelt mit seiner Ladung an den Berglern vorbei.

Einer sagt: «Ein Ungeheuer. Von drüben.»

Das bärtige Dorni-Geschöpf fällt dem Treck aus Morschach ein. Entsetzt starren sie dem Karren nach. Einer fährt mit der Handkante über seinen Hals.

«Mit so einer haben wir in Morschach kurzen Prozess gemacht.»

Schon am ersten Tag berichten die Zeitungen über die Ankunft des Funds aus der Neuen Welt.

Julia Pastrana ist das außerordentlichste Wesen, das je den Fuß auf britisches Gebiet gesetzt hat. Die Mutter ist eine Mestizin. Der Vater ein Schimpanse. Allerdings ist Doktor Alexander Mott, honorables Mitglied der Medizinischen Gesellschaft, der Meinung, dass Julia ein Hybride zwischen Mensch und Orang-Utan sei. Geboren ist sie 1834 in einer Höhle, aufgewachsen außerhalb der Gesellschaft zivilisierter Menschen, unter nackten Wilden. Sie ist jedoch nicht so primitiv, wie es den Anschein hat. Dank der christlichen Führung ihres Mentors und Beschützers legt das Wesen auch Schicklichkeit an den Tag. Es hat Anmut. Sogar Grazie. Ihr Impresario reist mit diesem merkwürdigen Wesen durchs Empire, damit jedermann das Exponat allhier besichtigen kann und in den Genuss ihres befremdlichen Anblicks kommt. Die Bürger können sogar mit ihm reden. Sich ein Bild von der Domestikation des Wildlings machen. Die Zeitungen raten, sich Mister Lents sensationelle Schau anzusehen und selber darüber zu urteilen.

Der Dompteur hütet sich, nachprüfbare Informationen über die Herkunft von Julia Pastrana zu geben. Er will die Neugier anstacheln, nicht befriedigen.

Das sensationellste Wesen der Welt!

Diese Ankündigung auf dem Plakat weckt Neugier. Wer ist sie? Was ist sie? Woher kommt sie? Was ist von Julia Pastrana zu halten? Vor der drehbaren Säule von Samuel Harris staut sich Publikum. Lents Weltsensation! Julia, die Affenfrau! Erstmals in Europa. Eine Entdeckung der Neuen Welt! Die absonderlichste Erscheinung.

Wissenschaftler in Aufregung versetzt.

Das einzige Exemplar. Nur kurz in dieser Stadt.

Nachmittags- und Abendvorstellung.

Besichtigen Sie Julia!

Das Publikum kommt in Scharen. Es ist en vogue, solche Darbietungen zu besuchen. Sie bieten Zerstreuung für Jung und Alt. Die Kapriolen der Natur sind an sich keine Neuigkeit mehr. Bärenfrauen, Kamelmädchen, Elefantenkinder, Kautschukmänner, Vogelmenschen. Warum nicht auch eine Affenfrau?

Wie ist das Rösli zu einer Eintrittskarte der Sideshow gekommen? Hat es einer anständigen Person die Karte stibitzt? Ist es unter der Zeltplane hindurchgeschlüpft? Oder mit Unschuldsmiene an der Türkontrolle vorbeispaziert?

Sie ist da! Zur richtigen Zeit, am richtigen Ort. Zum Rendez-vous mit dem Schicksal.

Im Zelt riecht es nach Bratzwiebeln, Sägemehl und Tierpisse. Viel Volk ist gekommen. Jedermann will das Ungeheuer sehen. Jeder tritt Rösli auf die Füße. Jede verdeckt ihm mit einem großen Hut die Sicht. Knuffend und schiebend boxt sich die Kleine ihren Weg in die vorderste Reihe.

Fünf Meter trennen Rösli von der Attraktion. Ein wildes Tier nimmt diese Distanz mit einem Sprung. Der Käfig in der Mitte des Sägemehlplatzes ist von einem Tuch verhüllt. Gitterstäbe zeichnen sich ab. Der dünne Stoff zittert unter den Atemstößen des verborgenen Geschöpfs. Unentwegt stolpern noch Besucher ins Zelt. Als endlich alle Reihen besetzt sind und Ruhe herrscht, kündigen Fanfarenklänge den Auftritt an.

Mister Theodor Fairchild Lent springt auf die Bildfläche. Ins Leben der Waise von der Fronalp. Sie ist vom Donner getroffen! In der Sekunde seines Sprungs durch die Samtportiere.

Der Impresario erscheint ihr wie Gott der Herr.

Mit erhobenen Armen, lachend, federt er zum Käfig. Seine wasserhellen Augen leuchten wie Bergkristall. Sandfarbene Kniehosen bauschen sich um seine Hüften. Ein Goldknopf schließt die Samtjacke vor der Brust. Das Haar trägt er über der Stirn gescheitelt, es ringelt sich in Locken um seine Ohren. Sein aufgebogener Schnauzbart ist akkurat wie aus schwarzlackiertem Blech gestanzt.

«Ladies and Gentlemen!» Er schlägt klackend die Hochglanzstiefel zusammen. «Ich zeige Ihnen hier und heute die ganz besondere Attraktion, die absolut einmalige Julia Pastrana aus der verstecktesten Ecke der unzugänglichsten Gegend der Neuen Welt.»

Der Impresario zündet sich eine Zigarre an, spaziert durch die Manege und plaudert über den Fund. Das Wesen hat seine Entdecker in die Flucht geschlagen. Mit nichts als seiner Hässlichkeit. Denn das ist seine Waffe: diese unbeschreibliche Hässlichkeit. Sie ist der Albtraum eines jeden zivilisierten Menschen. Der fleischgewordene Zorn Gottes. Die Entdecker waren gestandene Männer. Sie brauchten eine Woche, um sich an den Anblick zu gewöhnen. Und weitere drei Tage, um sich dem Wesen zu nähern.

Auf seinen Absätzen wippend, bläst der Impresario Rauch durch die Lippen und durchsticht die Kringel mit der Gertenspitze. Dann bittet er mit gedämpfter Stimme die Schwangeren, dieses Zelt zu verlassen. Schwangere könnten sich versehen.

Mehrere Damen stürzen aus dem Zelt.

Mit langen Schritten aus der Hüfte umkreist der Impresario nun den verhüllten Käfig. Wie um die Gefahr abzuschätzen. Dann fasst er einzelne Besucher ins Auge. Auch Rösli. Seine Kristalle blitzen auf.

«Gütiger!», schreibt Rösli nach Morschach.

«Luchst der Impresario doch zu meiner kindischen Wenigkeit! Kommandiert der mich doch mit der Gertenspitze zu sich! Wo ich mir nur die Zeit vertreiben wollte, weil es keinen Platz gab auf den Schiffen. Ich habe an Euch gedacht, Waisenvater. Das ganze Armenvermögen der Kirchgemeinde Morschach habt Ihr zusammengegrapscht, um Euer nichtsnutzes Rösli loszuwerden. Jetzt wird dieses auf halbem Weg einem Unwesen zum Fraß vorgeworfen. Und zu Hause werdet Ihr denken: das undankbare Rösli!

Das Ungeheuer hat mich verschmäht, ich war ihm zu mager. Gott sei Dank! Darum will ich Euch jetzt sofort schreiben, damit Ihr wisst: Euer Rösli lebt.»

Die Kleine stolpert in die Manege. Ohne zu überlegen. Zu dem schönen Impresario hin. Auf Befehl ergreift sie einen Tuchzipfel am Käfig. Ein Fauchen ist zu hören, ein Maunzen, Zischeln, Knurren und Rütteln an den Gitterstäben. Drei Peitschenschläge zerreißen die Luft.

Aufmerksamkeit für Julia!

Rösli schließt die Augen und zieht auf Kommando am Tuch.

«Lovely Julia Pastrana! Here she is!»

Lent öffnet das Gitter. Und heraus tritt ein kleiner, schöngekleideter Jahrmarktsaffe mit dem Namen Julia. Er schwankt mit krummen Beinen in den Lichtkreis. Ein langer Bart hängt ihm vom Kinn und zittert. Dünne Zöpfchen pendeln über dem kräftigen Nacken. Die Schichten des Rocks stehen wie der Schirm einer Lampe von den Knien ab. Die Augen liegen tief eingebettet unter vorgewölbten Brauenwülsten. Glanzlose schwarze Knöpfe, im Dickicht der Brauen, kaum zu sehen. Haarpinsel stehen um die riesigen Ohren. Aber das Kopfhaar ist ordentlich zum Scheitel zurückgekämmt, gezopft und mit Bändern geschmückt.

Julia verneigt sich nach allen Seiten, zieht die dicken Lippen breit und bleckt die Raubtierzähne. Der Impresario greift in ihr Maul und stülpt die rosige Innenseite der Lefze um. Er fordert das Publikum auf, sich dieses Gebiss anzusehen, die doppelte Reihe Zähne.

Er füttert Julia mit den Fingern, sie schnappt nach seinen Brocken.

Musik erklingt. Julia hebt mit der linken Hand den Rocksaum an, schraubt den rechten Arm in die Höhe und macht Tanzschritte zur Musik.

Das Publikum lacht Tränen.

«Belle!», sagt der Impresario zu Rosie.

Er führt sie am Ellbogen zum Zeltausgang, lässt mit einer Verbeugung eine Münze in ihre Hand fallen und spricht dieses Wort aus. B E L L E.

Er treibt jeden Buchstaben einzeln in Röslis Hirn.

Die Affenfrau dreht die matten Augenknöpfe zum Ausgang. Sie schaut das Kind an, die kleine Belle. Mit einem Blick von unten herauf. Als stürze der Himmel ein. Ein kleiner Halbmond Augenweiß am unteren Rand erinnert an den Blick eines geduckten Hunds, der zu seinem Schläger aufschaut. Nie im Leben hat Rosie ein so ergebenes, kummervolles Gesicht gesehen. Als hätte ein Steinmetz den Ausdruck ewigen Schreckens und fortwährenden Unglücks angestrebt und hier sein Meisterwerk geschaffen.

Am Hafen findet Rösli den Schlafplatz von einem fremden Treck besetzt. Unbekannte Erschöpfte rollen sich ums Gepäck. Sie bedeuten der Kleinen, der andere Treck sei abgereist.

Auf dem Ozean entschwindet ein Schiff. Es gleitet ohne die Kleine Richtung Amerika.

Am nächsten Morgen, meinen die Erschöpften, werde

wieder ein Schiff auslaufen. Sein Deck wird schon geschrubbt, Händler karren Proviant herbei.

Auch übermorgen werde eins auslaufen. Für den Rest des Jahrhunderts laufen Schiffe aus.

«Wir warten», sagt ein Jüngling.

«Worauf?», fragt eine ermattete Stimme.

Einer hebt die Schulter und lässt sie wieder fallen. «Dass es weitergeht, Tag um Tag. Irgendwie weitergeht. Worauf sollte man denn sonst warten?»

Der Treck hat das Rösli von der Fronalp am Hafen von Southampton zurückgelassen. Aber das Kind besitzt eine Münze, ist eine Belle und kennt den Impresario der Julia Pastrana.

Es wartet nicht länger auf ein Schiff, sondern kehrt zur Freakshow zurück. Die Waise von der Fronalp erinnert sich an den Leitspruch vom langen Gang der Frau Waisenmutter. Sie begibt sich in die Hand eines Dompteurs von Abnormitäten. Das sei, denkt sie, die ihr bestimmte Tür.

3

Mister Theodor Fairchild Lent fasst der Kleinen unters Kinn. «Ich nehme dich!»

Er setzt die Tour nun mit der Affenfrau und einer zwölfjährigen Dienerin fort.

Rösli versteht ein paar Wörter der englischen Sprache. «Yes, I can, I will, please, thank you, Sir.» Dem Dompteur genügt ein Wortschatz ohne Widerworte. Die Halbwüchsige hat Pflichten zu erfüllen, sonst nichts. Schon auf der

Fronalp war es nicht Brauch, dass ein Hütemädchen Wünsche äußert und seinem Meister eine abschlägige Antwort gibt. Rösli wäre nie eingefallen, ihrem Waisenvater etwas zu verweigern. So wenig wie dem Dompteur. Weder auf Deutsch noch auf Englisch.

Die neue Dienerin hat einige Qualitäten, Mister Lent hat dafür ein Auge. Er erkennt Qualitäten mit einem Blick. Die Kleine ist gehorsam, wendig und anspruchslos, munter, aufmerksam und lernbegierig. Sie kann mit Tieren umgehen. Das Wichtigste: Ihre Augen sind funkelnde Sterne. Das Mädchen kann mit ihrem Leuchten und ihrer Anmut Menschen verzaubern.

Aber vom Schaugeschäft hat es keine Ahnung. Es nimmt das Falsche für echt. Auf Verstellung ist die Kleine überhaupt nicht vorbereitet. Er wird ihr einige Kniffe beibringen und sie fürs Schaugeschäft zuschleifen müssen.

An ihrem Äußeren gibt es nichts auszusetzen. Ein Kind halt mit dünnen Gliedern, einem Ansatz von Busen, sonnenverbrannter Haut, üppigem Haar, Schwielen an den Füßen. Noch fehlen Rundungen und Wespentaille. Aber es ist gesund, frisch, appetitlich und unverbraucht. Vor allem: bezaubernd.

Eine knospende Rose.

Unter seiner Obhut wird sie erblühen.

Sie bekommt eine winzige Rolle in seiner Schau. Rösli spielt ein englisches Landmädchen, das vom Impresario aus dem Publikum geholt wird, um ihm bei der Vorführung zu assistieren. Die Rolle ist einfach. Nach zwei, drei Übungen ist Rösli für den Auftritt bereit.

Mit finsterer Miene wackelt Julia an der Hand ihres Impresarios. Ihr kurzer Hals verschwindet in ihrem gerundeten Rücken. Speichel glänzt auf den nach außen gestülpten, geriffelten Lippen. Sie zieht sie hoch und bleckt die Zähne gegen Rösli. Sie sprießen aus ihrem Maul, als hätte einer im Vorübergehen eine Handvoll Nägel in ein Loch geworfen.

«Julia lächelt», erklärt Mister Lent, so sieht es aus, wenn die Affenfrau lächelt. «Sitzen!», befiehlt Lent. Das Wesen gehorcht aufs Wort. Es lässt die neue Dienerin nicht aus den Augen.

«Ich hatte große Angst», gestand mir Rosie. «Ich fürchtete, Mister Lent lasse Julia frei herumlaufen. Die Bestie völlig frei, ohne Kette, ohne Vorhängeschloss. Nicht in den schwärzesten Nächten auf dem Berg, nicht im schrecklichsten Gewitter habe ich solche Angst ausgestanden.»

Von Julia Pastrana gibt es Zeichnungen und Lichtbilder. Ich habe sie Coiffeur Betschart gezeigt. Er fand, die Pastrana gleiche einem Primaten. Vorstehende Augenwülste, große, abstehende Ohren, eine ausgeprägte Kinnpartie, ein geweitetes Maul, ein schreckliches bleckendes Gebiss, über den Ohren zwei Haarfladen.

Ob die Bartfrau vom Dorni genauso ausgesehen hat?

Sie jagte unseren Vorfahren einen gehörigen Schrecken ein. Man sah in ihr ein Gespenst. Nachts traute sich niemand mehr zum Dorni. Bergbauern und Holzfäller, Schwinger und Steinstoßer wie Melchli-Schalk, alle warfen sich beim Anblick der Bartfrau zu Boden, um zu beten.

Rösli nähert sich Julia nur zögernd. Kämmt den Bart mit zitternden Händen. Flechtet das starre Haar zu Zöpfen. Es ist so glatt, dass die Seidenschlaufen rutschen und festgesteckt werden müssen. Rösli nadelt Blumenschmuck auf den Scheitel, spannt ein Mieder um Julias Brustkorb, bindet die Stiefeletten an ihre vom Stuhl baumelnden Beine. Immer in der Angst, vom schrecklichen Gebiss zerfleischt zu werden.

Die Affenfrau lässt die Verrichtungen mit geschlossenen Augen über sich ergehen. Wie bewimperte Pistazienschalen wölben sich die Lider über ihre Augen.

Das Ausstaffieren für den Auftritt geschieht in einem Nebenraum des Etablissements, in dem die Schau stattfindet. Julias Aussehen wird den Erwartungen des Publikums angepasst. Eher ländlich, eher städtisch, eher exotisch. Mister Lent bestimmt Kleid und Schmuck, wählt sogar Farbe und Bandbreite der Seidenschlaufen. Sobald der Impresario den Raum betritt, schlägt Julia die Pistazienschalen auf. Er legt auf pompöse Ausstattung wert. In diesem Geschäft muss man auffallen. Schreiende Farben, überbordende Üppigkeit, ausuferndes Volumen, blendender Glanz. Der Auftritt soll dem Publikum den Atem verschlagen. Es soll Geraune durch die Reihen gehen. Spitzendurchbrochene Stiefelchen für einen Affen? Seidenorganza? Straußenfedern? O my goodness!

Mister Lent gibt Anweisungen. Vor dem Auftritt schnürt er Julias Taille, bis sie kaum mehr atmen kann. Rösli muss ihr ein Spitzentüchlein einstecken und das Armband mit dem gehäkelten Schmetterling ums Handgelenk knoten.

So herausstaffiert ist nicht einmal die noble Frau Waisenmutter an hohen Feiertagen in die Kirche von Morschach spaziert.

Julia zwängt sich mit ihren Tellerröcken durch die Käfigtür. Eine fremdländische Tänzerin mit Bart, beladen mit Rüschen und Schmuck, übergossen von Eau de Cologne. In der Manege wartet sie auf ihren Auftritt.

Es gehört zu den Aufgaben der Dienerin, alle Gerätschaften bereitzustellen, die für die Aufführung benötigt werden. Ein kleiner Tisch, eine angefangene Stickerei im Rahmen, Kastagnetten, etwas Futter zur Belohnung. Mister Lent benötigt seine Zigarre, Handschuhe, Gerte und den Zylinder. Eins neben dem anderen. Der Reihe nach.

Rösli bewältigt die Aufträge flink und geschickt. Es ist immer im Flug, ordnet und reicht und errät die Wünsche des Impresarios, noch ehe dieser sie äußert. Während Julia einfach die Affenfrau ist. Lents Exponat.

Bevor der Käfig mit einem Tuch zugedeckt wird, prüft Mister Lent zum letzten Mal das Aussehen von Julia. Wenn er nickt, darf Rösli die Seide über die Gitterstäbe werfen. Der Akt des Schreckens kann beginnen.

Öffnung der Tür. Das hochverehrte Publikum wird erwartet.

Rösli mischt sich unter die Neugierigen, bereit für seine Nummer. Es trägt das Kleid, in dem es auf der Fronalp Geißen gehütet hat und nach England gereist ist. Aber die Füße stecken jetzt in Schuhen. Lent hat sie gekauft, weil seiner Meinung zufolge selbst einfache englische Mädchen Schuhe tragen.

Wenn beim Fanfarenstoß der schöne Impresario in die Manege springt, bekommt Rösli Herzklopfen, reißt die Fäuste an die Brust, weil jetzt sein Auftritt kommt. Nach langer Suche fällt die Wahl des Impresarios auf das schlichte englische Landmädchen. Rösli windet und ziert sich. Es gehört zur Rolle, dass es nur zögernd der Aufforderung zum Assistieren nachkommt. Endlich poltert es dann doch in den neuen Schuhen durchs Publikum. Angstvoll zieht es das

Tuch vom Käfig. Mit einem Schrei flüchtet es zum Ausgang und verschwindet im Hintergrund.

Draußen hört es das Gewitter klatschender Hände. Rösli ist ausgeschlossen. Das Geräusch erinnert ans Gebimmel seiner Geißenherde, die das Kind zurücklassen musste. Die es jeden Tag von neuem zurücklassen muss. Das Geräusch bringt das Mädchen zum Weinen.

Rosie habe kaum ihren Augen getraut, als die Pastrana nach der Vorführung das Gitterschloss geöffnet hat und aus dem Käfig geklettert ist.

Mit einer Stiefelspitze kickt die bärtige Ballerina die Gittertür zu und wieselt zur Garderobe. Das Monster gibt es nur während der Besuchszeit. Julia strampelt sich eilig aus ihren Flamencoröcken und verlangt nach dem Hauskleid. Die Dienerin räumt die Requisiten fort, reinigt das Kleid und schaut zu, wie die Affenfrau nestelnd, raschelnd, Häkchen schließend, sich in eine kleingewachsene Dame verwandelt. Dann einen Schleierhut aufsetzt, an der Hand von Mister Lent zum Hotel trippelt und im Zimmer seufzend in den Sessel fällt, den Schleier hochschlägt, ihren Hut abnimmt, Pantöffelchen anzieht und ihre Handarbeit fortsetzt.

Für die Dauer des Aufenthalts logiert Lent mit Julia und Rosie im Hotel. Er bevorzugt eine Unterkunft mit einfachem Komfort in einem stillen Quartier. Solche Unterkünfte werden gern von Schaustellern benutzt. Kein Portier dreht sich nach der verschleierten Pastrana um. Mister Lent belegt drei bis vier Zimmer. Nach Möglichkeit eine ganze Etage. Zu seinem Schlafzimmer benötigt er einen Empfangsraum, damit er Manager von Etablissements, Museums- und Zirkusdirektoren empfangen kann. Die Pastrana bekommt eine abschließbare Kammer. Diejenige ihrer Dienerin liegt daneben, denn Mister Lent zählt auf die Dienerin rund um die Uhr.

Röslis Furcht, ein Bett mit der Affenfrau teilen zu müssen, ist grundlos. «Mir fiel ein Stein vom Herzen.» Das Mädchen hat zum ersten Mal eine Kammer für sich allein. Auf der Fronalp bettete es sich in die Futterkrippe der Geißen oder kroch in eine Heutriste. Auf dem Schiff und am Hafen schlief es auf dem Boden.

Nach dem Auftritt begleitet Rösli die Attraktion zur Kammer und öffnet ihre Stiefeletten. Julias traurige, glanzlose Augen ruhen auf der Dienerin. Studiert sie die junge Belle? Oder schaut sie durch sie hindurch und sieht nur die Alleebäume vor dem Fenster? Julia verlangt nach einer Haube, einem Nachthemd und Bettsocken. Ein seltsamer Wunsch für ein Tier, denkt Rösli bei sich.

Danach sitzt die Affenfrau in ihrem gebügelten Nachthemd auf dem hohen Bett, ganz in Weiß mit gesmokten Biesen am Plastron, das bärtige Gesicht von der Rüsche eines schneeweißen Häubchens umrahmt. Auf ihrem zusammengebundenen Bart prangt eine gewaltige Schleife. Sitzt da und pendelt mit den haarigen Beinchen. Wie ein kleines und feines Mädchen. Bereit für das Nachtgebet.

«Ich habe eine Aufwallung gehabt, mit diesem Geschöpf zu seinem Schutzengel zu beten.»

Danach rennt Rösli in seine eigene Kammer, dreht dort zweimal von innen den Schlüssel und rettet sich mit einem langen Sprung zum Bett. Mit den Händen unter dem Kopf starrt es zur Decke. «Ich bin die halbe Nacht wach gelegen. Es gibt mindere und höhere Geschöpfe, habe ich überlegt. Da es so ist, welchen Sinn hat es dann, für die Minderen zu beten? Da nichts abzuwenden oder ungeschehen zu machen ist?»

Das Rösli von der Fronalp erlebt in England eine Zeit des wirtschaftlichen Aufschwungs. Der Tenor der Zeitungen besingt die gute Stimmung. Textil-, Eisen-, Stahlindustrie, Dampfmaschinen schießen aus dem Nichts. Medizin und Hygiene haben zu einer Bevölkerungsexplosion geführt.

Diese Engländer haben Ideen und Unternehmergeist. Sie bauen Maschinen, schaffen Verkehrsverbindungen und scheffeln Geld. Da herrschen Fleiß, Sparsamkeit und Ordnung. Eine Eisenbahnstrecke um die andere wird eröffnet. Sie haben die Absicht, den Gewinn aus Wirtschaft, Kolonien und Sklavenhandel in Umlauf zu bringen. Sie legen das Geld in Aktien an. Es herrscht freier Markt und freier Wettbewerb. Für eine englische Eisenbahnaktie wird nie weniger als zwölf Prozent Dividende bezahlt.

Der Geschäftsmann Lent hält sich auf dem Laufenden. Er hat eine Nase fürs Geschäft und ein Gedächtnis für Zahlen. Halbe Nächte zittert das Licht einer Petrolfunzel unter seiner Zimmertür. Er durchforstet alle Zeitungen, deren er habhaft wird.

In Morschach hat nicht einmal der Herr Waisenvater das Zeitungsblatt gelesen. Was er wissen musste, hat er auch so erfahren. Auch so sein Verdingkind zur richtigen Stunde aus der Geißenherde gepfiffen, damit es pünktlich die Haue putzen und verschwinden könne.

Bei Mister Lent liegen Zeitungen herum.

Die englische Presse nennt Julia die «Grand and Novel Attraction».

Die Zeitungen melden, dass es über die medizinischen Gutachten widersprüchliche Urteile von namhaften Wissenschaftlern gibt. Ist Julia das Ergebnis eines Fehltritts in einem fernen, primitiven, wilden Stamm?

Die Zeitungen veröffentlichen die Ankündigung, dass Mister Fairchild Lent seine hochinteressante und wertgeschätzte Miss Pastrana zur Untersuchung freigebe. Die Herren der Wissenschaft seien gehalten, sich zwecks Besichtigung dieser Medical Curiosity beim Impresario zu melden.

«Verehrter Herr Waisenvater!

Ich bin jetzt die Begleitung einer Sensation», schreibt Rösli nach Morschach.

«Ich mache allerhand Sachen. Lerne das Schaugeschäft und Englisch. Vielleicht wird aus mir etwas Großes.

England ist flach. Aber mondän. Die Leute spazieren über gepflasterte Straßen oder fahren in Chaisen in ihren schönsten Kleidern. Die Tage rasseln ab wie das Aufziehspielzeug von Eurem Sohn. Alles geht viel rascher als auf der Fronalp. Die Engländer bleiben nur bei den Musikkapellen stehen, die auf den Plätzen spielen. Pferdekutschen holpern an mir vorbei, ich kann sie gar nicht zählen. Eine Eisenbahn zischt Dampfstöße in die Luft, und Kaminschlote rauchen. Der Hutschleier der Miss Pastrana wird ganz rußig. Auch bei schönem Wetter stehen Wolkensäulen am Himmel. Es herrscht viel Krach, was unsereiner ja weniger gewohnt ist. Den ganzen Tag rumpeln Fässer über die Pflastersteine, denn in den Arkaden verkaufen die Händler Waren. Ich besitze Schuhe, die poltern laut auf dem Pflaster. Man hört, dass ich komme. Das Rösli tritt auf. Wie ein beschlagener Ackergaul. Ich habe zu essen, Gott sei Dank!

Wer schaut zu Lisi, Dori und Melk? Am liebsten wäre ich jetzt bei den Geißen. Euer Rösli.»

Seinem Publikum zeigt der Dompteur ein verführerisches Lächeln. Die Winkelkoteletten reichen bis zu seinen Wangengrübchen. Eine Haarwelle überschlägt sich beidseits des Scheitels und umringelt die Ohren. Die wasserhellen Augen wählen die eine und andere Frau aus dem Publikum. Die Auserwählten neigen verschämt den Kopf zu diesem Schatzjäger der Wildnis. Sie bewundern den schönen Mann für seine Eleganz, sein Auftreten, seine Ausstrahlung und seine Dominanz über wilde Wesen. Er führt Julia mit leichter Hand. Ein leiser Geißelzwick, ein knapper Befehl, ein fast unhörbares Zischen genügen, um die Pastrana zu einer Richtungsänderung, einer neuen Positur oder Tanznummer zu bewegen.

Auch Männer bewundern Mister Lent. Am meisten bewundern ihn die Gescheiterten. Der Dompteur sei so souverän, meinen sie. So gnadenlos und unerbittlich. Einer, der eine Affenfrau zähmt, wie dieser Lent, meistert das Leben mit Leichtigkeit.

Von der Darbietung seines Exponats ist das englische Publikum hingerissen. Lents Werk, nicht zu überbieten!

Dass eine solche Vielfalt auf der Erde existiert! Man ist überwältigt. Dass der Mensch das Inventar dieses Planeten nach seinem Willen hinbiegen kann! Faszinierend. Wir machen uns die Erde untertan. Mit dem Auftritt seiner Affenfrau beweist der Dompteur, dass der Mensch die Schöpfung beherrscht. Er setzt das Zeichen seiner Größe.

Coiffeur Betschart und seinen Kunden verschlug es die Sprache. «Deine Rosie redet viel, Armenvogt, denn der Tag ist lang.»

Man könne sich allerdings vorstellen, dass die Burlesque-Tänzerin diesen Blödsinn geglaubt habe. Obwohl eine Hiesige es doch besser wissen müsste.

«Was kann ein Mensch denn hinbiegen? In Morschach gibt es ein Oben und ein Unten. Jedes Ding an seinem Platz. Der Himmel über dem Kopf, und unter den Füßen der unsichere Boden, jeden Augenblick kann er wegrutschen. Hier herrschen die Geister. Hier herrscht etwas Mächtigeres als wir. Die Natur macht, was sie will. Lawinen verschütten, Steinbrocken und Bäume erschlagen uns. Spalten öffnen sich. Wir machen einen Fehltritt und sausen ein paar hundert Meter in die Tiefe, um dort auf einen Schroppen zu klatschen. Ein Jahr lang gibt es genug Heu fürs Vieh. Das andere Jahr gibt es keinen Halm. Der Geldstrom der Fremden fließt eine Weile, dann versiegt er. Die Hotelpaläste bröckeln, das Armenhaus ist überfüllt. Am Fronalpstock müssen zu viele Tannen geschlagen werden, die Not zwingt uns. Das Holz kracht im Dornireistzug in die Tiefe. Reißt jeden Traum mit sich, selbst jeden Anflug eines Traums.»

Und da stöckle eine Verrückte wie Rosie mit einer Duftwolke von der Silbergasse in den Coiffeursalon herein, dass Betschart beinahe in Ohnmacht falle. Erzähle von anderen Ländern, anderen Sitten. Schaue sich die eingeseiften Käuze mit dem umgebundenen Latz an, kicke einige Male mit dem Absatz gegen einen Drehstuhl und stöckle wieder an die Sonne hinaus. Die Weltbürgerin Rosie la Belle!

4

Zeitungen schreiben über Julias spanischen Tanz: «Die Pastrana tanzt Flamenco mit einem gewissen Talent.» Ein Redaktor vergleicht die Darbietung mit derjenigen der berühmten Lola Montez. Leider habe der Impresario seinem Monster keine englische Folklore beigebracht. Zufall oder Absicht?

Das Studium der Zeitungen macht Mister Lent nachdenklich. Er tigert durch die Gänge des Hotels. Dort stößt er auf die junge Dienerin. Diese Begegnung mit dem Impresario hält Rösli in einem Brief fest.

«Verehrter Herr Waisenvater,

Im Kopf meines Herrn braut sich in meiner Richtung etwas zusammen. Ich weiß das genau. Er hat mich angeschaut, wie mich noch niemand angeschaut hat. Als verteilte ich die heilige Kommunion und er wäre der Nächste, um die Hostie aus meinen Fingern zu lecken. Hätte er nicht ein Haarnetz getragen, sondern einen Hut, dann hätte er ihn gezogen. Er hat Großes mit mir vor, da bin ich sicher. Frauen ahnen das. Ohne zu überlegen, weiß eine Frau: Dieser Mann hat einen Plan. Und du bist darin enthalten.

Mir ist ganz flau gewesen. Ganz sonderbar. Aber es war schön. Als sackte ich in eine Wolke. Weich die Knie, der Bauch voll Flaum, in der Magengrube ein kitzelndes Ziehen. Ich bin dagestanden wie angewurzelt und hielt die Augen geschlossen. Als ich sie wieder öffnete, war er bereits im Arbeitszimmer. Leider. Euer verwirrtes Rösli.»

Mister Lent äußert sich am nächsten Tag über den Zeitungsartikel. Dass England in jeder Flamencotänzerin die Montez sehe, zeige die gewaltige Empörung über diese ehrgeizige Person. «Es kocht hinter den Gardinen der viktorianischen Häuser.»

«Wer ist Lola Montez?»

Rösli muss das nicht wissen. Es reicht, wenn die Zeitungsredakteure sich um alles kümmern. Kaum lasse Lent einen Satz fallen, verpassen diese Herren seiner Julia einen Lebenslauf.

Er hat mit der Pastrana die beste Zeit erwischt. Die Engländer sind begeisterte Besucher von Freakshows. Das Publikum will einen Blick in den Abgrund tun. Man huldigt dem Unerklärlichen, Abartigen, Abstoßenden und Bizarren bis in die höchsten Kreise. Der siebzig Zentimeter große General Tom Thumb geht am Hof ein und aus. Obwohl er sich vor den königlichen Pudeln zu Tode fürchtet, seitdem das Lieblingspudelchen der Königin Victoria ihn aus Versehen beinahe gefressen hat.

Der Aufschwung zeigt sich an der Anzahl der verkauften Eintrittskarten. Jeden Abend addiert Mister Lent die Einkünfte des Tages. Sein Kassabuch trägt er immer in der Brusttasche. Notiert darin alle Auftrittsdaten, Orte, Einnahmen, Ausgaben und Besonderheiten. «Mein Büro», pflegt er, auf die Brust klopfend, zu sagen.

Lents Zuverlässigkeit ist bekannt. Die Schau findet mehrmals täglich statt. Erst für die Promenierenden, die nichts Besseres mit dem Rest des Nachmittags anzufangen wissen und denen ein Höhepunkt fehlt. Später dann für jene, die nach dem Feierabend noch etwas erleben möchten, sich in eine aufregende Geschichte verwickeln lassen wollen. Nach den Handgriffen an einer Maschine können sie nichts mehr fühlen. Sie sehnen sich nach einem Schauder, der ihnen über den Rücken läuft.

Jede Schau ist durchorganisiert. Von der Werbung bis zur Schlussabrechnung. Ankunft, Aufenthalt, Abreise auf die Minute genau.

Die Pastrana ist nie unpässlich.

Die Dienerin ist nie unpässlich.

Lents Truppe tritt auf und tritt ab.

Es wollen einundzwanzig Millionen Briten in ihrer Freizeit unterhalten werden.

Der Anspruch, den Lent an sich stellt, ist gewaltig. Sein Projekt ist eine Herausforderung. Er muss seine Affenfrau zu einem Phänomen aufbauen. Er wirft sich mit seiner ganzen Kraft in die Schaukunst.

Als Erstes lässt er einen Wandspiegel in die Kammer seiner Abnormität stellen. Wenn Julia die Tür öffnet, steht sie der hässlichsten Frau der Welt gegenüber. Sie schaut dann zu Boden oder in die Luft. Doch ihr Impresario stößt sie vor den Spiegel. Sie muss sich anschauen, ihren Haarwuchs, die Augenwülste, den vorstehenden Kiefer, die geschwollenen Lippen, die tellergroßen Ohrmuscheln, die widerspenstigen Haarbüschel und die gegrätschten Beine. Unentwegt plätten ihre Hände das Kleid. Lent findet, Julia mache immer die falsche Miene, stehe falsch da oder schaue zu finster. Wenn sie aus dem Spiegel kippt, bugsiert der Impresario sie wieder ins Bild. Sie muss verharren. Lernen, den Blick auf sich auszuhalten. Lernen, bei geschlossenen Lippen den Mund zu einem Lächeln breit zu ziehen. Lächeln, ohne zu blecken.

Theodor Fairchild Lent überlässt nichts dem Zufall.

«Erfolg ist nie Zufall, meine knospende Rose, sondern das Resultat von Arbeit, Weitsicht und Planung.»

Schon Wochen vor der Schau ist der Auftrittsort von Plakaten übersät. Arbeitslose ziehen jeweils mit Kessel, Pinsel, Leim und Papier aus, zum Bekleben der Ladentüren und Hauswände. Verschiedene Plakate stehen zur Auswahl. Auf allen zieht ein Holzschnittbild den Blick des Publikums auf sich.

Bild 1: Tierbändiger mit Peitsche.
Bild 2: Eine als exotische Tänzerin verkleidete Schimpansin.
Bild 3: Ein auf allen vieren krabbelndes Menschenkind im Baströckchen bei seiner Affenfamilie.

In Morschach hängen manchmal Plakate an der Station der Zahnradbahn und an der Tür des Coiffeursalons. Wenn in Brunnen ein Zirkus gastiert, klebt eine Anzeige an Betscharts Tür. Und an einer Chilbi war *Lukretia, das Weib ohne Kopf* zu sehen. Man ist hingegangen, natürlich, das sieht man nicht jeden Tag.

Unsere Altvorderen haben geglaubt, Andersartige stammten vom äußeren Rand der Welt. Und eine Missgeburt sei eine Warnung vor Krieg, Pest oder Feuersbrunst. Ihnen ist nie ein Bild von einer Affenfrau vor Augen gekommen. Da taucht plötzlich die Bartfrau vom Dorni auf. Die Altvorderen erschraken zu Tode. Sie hielten das Wesen für einen unerlösten Geist. Sie haben sie erlöst. Seither ist hier kein haariges Weibsbild mehr aufgetaucht. Nicht, solange Betschart hier Coiffeur ist. Nicht, solange er sein Rasiermesser wetzt.

«Inzwischen ist die Welt eine Kugel. Im innersten Dschungel leben Bestien, die bisher noch kein Mensch gesehen hat. Es gibt aber auch bei uns Abartige. Von irgendwoher stammen sie, Rosie la Belle. Da fragt man nach dem schuldhaften Verhalten der Eltern. So ist es immer gewesen, so wird es wohl auch bleiben. Da Gott keine Fehler macht, muss es der Mensch vermurkst haben. Der Suff, Rosie. Ein Versehen von der Schwangeren, schlechtes Blut, eine unvollendete Schwangerschaft oder eine Geburt, die länger gedauert hat als ein Miserere.»

Rosie habe aufbegehrt. Sie holte tief Luft. Betschart hob die Hände vors Gesicht und wies sie aus seinem Salon. «Geh, Rosie, geh!»

Was wollen die Kunden? Einen sauberen Haarschnitt, ein glattes Gesicht, einen gedrechselten, schöngeschnipselten Schnauz, Wellen und Locken. Und sich im Spiegel nicht als ein struppiger Geselle entgegenblicken, sondern als zivilisierter Mensch. Wir sind keine Geißen, denen Rosie vom Felsen herab predigen kann. Jeder hat eigene Angelegenheiten im Kopf. Es sei Betschart nicht recht, wenn Rosie seine Kunden verärgere. Die marschieren stracks zu einem anderen Coiffeur.

«Doch das Weibsbild hat sich gesträubt, Toni. Regelrecht aufsässig ist Rosie geworden.» Betschart habe die Erregte an einen Stuhl binden müssen. Mit dem Stuhl ruckelnd sei sie ihm gefolgt, um bei der nächstbesten Gelegenheit kräftig gegen seine Schienbeine zu treten.

Meine Insassen denken nach. Über Gott und die Welt. Wir müssen die Armenhäusler ernst nehmen, predige ich dem Coiffeur, dem Händler, den Bauern und Holzfällern. Meine

Insassen sind Persönlichkeiten. Jede Person hat einen Eigennamen. Keine heißt Weibsbild, Lappi oder He-du-da. Ein Mensch kann alles ertragen. Alles verzeihen. Nur nicht, dass er verachtet wird.

Eine Weile war Ruhe im Coiffeursalon. Aber kaum waren Betschart und seine Kunden zur Besinnung gekommen, hämmerten die Schlangenpumps schon wieder über die Silbergasse. Diesmal trippelte Rosie zur Kirche. Dort legte sie ihre Zigarre aufs Spitzentuch und sammelte alle Blumen aus den Altarvasen. Am Portal nahm der Messmer sie ihr wieder ab.

«Die Blumen gehören Gott!»

Er steckte ihr die Zigarre ins verschrumpelte Maul und schickte Rosie ins Armenhaus zurück. Sie versank am Küchentisch in Schweigen. Ihr Kopf fiel vornüber und sie schnarchte unter der Cloche mit offenem Mund. Plötzlich schoss sie aus dem Schlummer hoch, klappte ihre Keksdose auf und murmelte Unverständliches vor sich hin.

Es hat Wochen gedauert, bis Rosie wieder zum Coiffeursalon geschlendert ist. Von dort kam sie dann gelegentlich in meine Amtsstube. Sie legte mir die Hand auf die Schulter. «Setz dich, Armenvogt. Und hör zu!»

Röslis Dienstverhältnis ist lose. Lent macht es dem Mädchen unmissverständlich klar. «Du kannst jederzeit gehen! Von einer auf die andere Stunde. Mit meinem guten Namen kann ich sofort zwei andere Mädchen bekommen.»

Doch die Kleine sei ihres Glückes Schmied. Alles hänge nur von ihr ab. Ihren Fortschritten im Business, ihrer körperlichen Entwicklung, ihrer Anziehung. Seine Belle muss jede andere übertreffen. Sie muss schauspielerische Fähigkeiten haben. Sie spielt den Schrecken nicht bloß, sondern empfindet ihn wirklich. Diese Empfindung überträgt sie aufs Publikum.

Lent beschäftigt nur die Besten, die Unübertrefflichen, die Spitzen.

«Verehrter Herr Waisenvater,

Ihr müsst mich in Euer Gebet aufnehmen! Ich muss eine Spitze werden. Andernfalls werde ich gekündigt. Ich will gar nicht daran denken. Meine Hände sind feucht, wenn er mich zu sich ruft, weil ich immer fürchte, dass er mich entlässt. Wie stünde ich da, eine Minderjährige in einem fremden Land, ohne Bekannte, ohne Geld.

Dann kehre ich zurück und hüte Eure Geißen. Meinetwegen diene ich auch im neuen Grandhotel auf dem Axenfels. Da benötigt man scheint's Sprachen. Ich kann fließend Englisch. Muss hier parlieren, wenn ich Besorgungen mache. Stickgarn für Miss Julia, Zigarren für Mister Lent, Zeitungen einkaufen, quer durch den Laden. Auch bringe ich Plakatentwürfe zum Drucker und hole die Plakate ab. Da muss ich mich verständigen können. Manchmal mit den Händen. Aber die Engländer verstehen mich. Meldet im Grandhotel, dass das Rösli die Idealzofe wäre und auffahren kann mit einem Zeugnis vom größten Impresario der Welt. Aber das hat Zeit. Zuerst versuche ich, Spitze zu werden.

Jetzt muss ich schließen, weil Mister Lent mir Zeitungskritiken zum Ausschneiden aufs Bett geworfen hat. Die klebe ich nachher in Bände. Es gibt die Alben *General Thumb* und *Barnum's Freaks*. So merkwürdige Leute, wie man sie sich in einem Dorf wie Morschach gar nicht vorstellen kann.

Das wichtigste Album trägt die Überschrift *Julia Pastrana*. Ein Album ist leer. Da hinein, meint der Impresario, würden einmal meine Kritiken geklebt.

‹Die deinen, ma Belle!›, hat er gesagt. Und so geschaut. Ziemlich lange. Ziemlich fest. Mitten in meine Augen. Wie wenn es wahr werden könnte.

In diesem Fall käme ich natürlich nicht nach Morschach. Dann richtet im Grandhotel aus, dass die Idealzofe nicht zu haben ist. Euer Geißenrösli.»

Röslis Angstschrei wirkt von Aufführung zu Aufführung echter.

Der Impresario rühmt die Kleine. Er verzwirbelt dazu ihr Haar wie das Fell eines Köters. Als Dompteur wilder Tiere setzt er absoluten Gehorsam voraus. Wenn ihm etwas nicht passt, steckt er zwei Finger in den Mund und erschreckt seine Geschöpfe mit einem gellenden Pfiff.

Die Dienerin legt das Ohr an die Wand zur Nebenkammer.

Was tut die Affenfrau nachts? Schaut sie in den Nachttisch, wo es eine Bibel und einen Nachttopf gibt? Schaut sie zu den Sternen? Weint sie den letzten Glanz aus ihren Augen, weil sie sich nach einem anderen Ort oder einem anderen Wesen sehnt? Weil sie für einen Menschen, einen einzigen, alles sein will? Wünscht sie sich einen anderen Körper, damit der Impresario zu ihr sagt: ‹Belle›? Betet sie auf Knien? Zum Gott der Tiere? Zum Gott der Menschen? Oder trollt sie sich gleich ins Bett und fällt in traumlosen Schlaf?

Das Monster ist klug, steht in den Zeitungen, die bei

Mister Lent herumliegen. Miss Pastrana empfindet körperliche und seelische Schmerzen. Beinah wie ein Mensch. Manchmal hebt Miss Julia den Kopf, als höre sie eine Melodie, die niemand sonst vernimmt. Dann zittert leise der Busch ihrer Brauenhaare.

Worüber freut sich ein Geschöpf wie sie? Hat sie eine unbeschwerte Zeit in ihrer Höhle erlebt, bevor Fremde sie ihrer Mutter entrissen? Doch vielleicht hat sich der Impresario diese Entführungsgeschichte ausgedacht. Als belesener Mensch weiß Lent, dass der Haarmensch Pedro Gonzales im Kindesalter aus einer Höhle verschleppt wurde. Nun dichtet er dieses Schicksal auch seiner Julia an. Zur Steigerung des Werts.

Julia Pastrana hängt am Impresario. Wen hat sie denn sonst? Sie kennt keine anderen Menschen. Ehe Julia auf die Straße tritt, lässt sie den Hutschleier übers Gesicht fallen. Sie schiebt eine behandschuhte Hand in die seine, scheu schaut sie zu ihm hoch und dann trippelt sie nebenher. Wohin er auch will.

Sie machen keine Spaziergänge. Ihr Weg ist die kürzeste Strecke zwischen dem Auftrittsort und dem Hotel. Rösli begleitet sie. Mister Lent federt dann in ihrer Mitte, modisch gekleidet, den Schnauzbart gelackt, eine Verschleierte an seiner Rechten, eine blutjunge Dienerin an seiner Linken. Leute bleiben stehen und schauen dem eingerahmten Mister Lent nach.

Röslis Fortschritte bei ihren Auftritten sind beträchtlich. In Bornemouth kreischt *Das englische Mädchen* zum Erbarmen.

In Exeter tappt es rückwärts zum Ausgang, blind vor Tränen.

In Plymouth verwandelt es sich in eine höhere Tochter, trotz seiner Lumpen wirkt es aufgedonnert. Eine blutrote Rose steckt in seinem Nackenknoten. Unter Zuckungen und Tränen hebt es vor dem Käfig abwehrend die Arme in die Höhe. Solch ein schreckliches Wesen hat diese Tochter nie gesehen. Eine verstörte, tränenüberströmte Schönheit wankt hinaus. Das erstarrte Publikum kann die Erschreckte nicht aus den Augen lassen, bevor es offenen Mundes auf die Affenfrau starrt.

«Verehrter Waisenvater.

Für Sekunden beherrsche ich die Szene.

Mein Herr lobt mich sehr. Unsere Schau gastiert in vielen Städten. Heute bin ich in Plymouth, danach in Bristol. Einige Zeit verbringe ich in London. Das ist eine riesige Stadt mit vierspännigen Equipagen und einer Königin Victoria. Wir reisen mit der Eisenbahn. Das ist eine Kunststraße. Darauf rollen die Räder der aneinandergehängten Fuhrwerke über glatte eiserne Schienen. Mit all unseren Kofferschränken. Die erste Strecke führte von Liverpool bis Manchester, jetzt sind es schon 10 600 km. Das sagt Mister Lent, mein Herr. Wir fahren im Buffing Billy, denn Eisenbahnen haben Namen. Wir haben ein eigenes gepolstertes Compartiment. Ihr könnt Euch nicht vorstellen, wie es ist, mit Billy die Luft zu spalten. Wir fliegen mit dreißig Kilometern pro Stunde dahin. Die Häuser am Weg sind bei dieser Geschwindigkeit nur noch Striche. Es ist wahnsinnig gefährlich. Im nächsten Augenblick kann der Kessel von Buffing Billy explodieren. Betet für Euer Rösli!»

Man findet in Morschach die Briefe des Verdingkinds. Lange nach dem Tod der Waiseneltern. Niemand hat Briefe gesucht. Doch sie sind aufgetaucht. Verlorenes taucht auf, so ist das bei uns. Was uns die Natur nimmt, gibt sie uns irgendwann zurück. Als Papier eines Aborts zum Beispiel, als Isolation in der Zwischenwand eines von Steinschlag zertrümmerten Saustalls, in einer Kommode, die eine Lawine einige hundert Meter fortgetragen und dann bei Tauwetter freigegeben hat.

Ich sammle solche Funde. Das interessiert den Immoos-Toni. Die Leute wissen es. «Bringt ihm den Wisch!» Ich entziffere die Schriften der aufgeweichten Dokumente. Es sind sonderliche Nachrichten aus längst vergangener Zeit.

Jahr um Jahr erweitert sich diese Sammlung. Nie fahre ich mit der Zahnradbahn hinunter zum See. Nie steige ich auf den Gipfel der Fronalp. Ich halte mich in der Mittellage dieser Alpenterrasse auf. Im gemäßigten Klima. Da passe ich hin. Ich kann mich in meiner Amtsstube vergraben und durch Bücher und Dokumente wühlen. Diese papierenen Zeichen unseres Daseins machen meinen Tag aus, meine Jugend und mein Alter. Lesend erforsche ich die weißen Zonen dieser Welt. Einige Seiten lang durchlebe ich die großen Leidenschaften, den Wahnsinn, die Obsessionen, die Abgründe, die Sehnsucht, den herzzerreißenden Schmerz. Und mit Geräusch klappe ich das Buch zu.

Mit Geräusch!

Ja, es macht mir eine höllische Freude, die Bandbreite der menschlichen Möglichkeiten mit einem kurzen trockenen Knall zuzuschlagen. Ich lausche dem Laut meiner Macht nach. Und genieße einige Augenblicke, dass ich so unversehrt in Turbulenzen ein- und wieder auftauchen kann.

«Die Wahrheit ist», habe ich zu Coiffeur Betschart gesagt, «dass unser Rösli bei ihrem Dompteur trotz der hoffnungsvollen Briefe, trotz der großartigen Reisen und der perfekt gespielten Rolle in einer gutbesuchten Aufführung ein Nichts gewesen ist. Dieses Nichts polterte in neuen Schuhen durch die Freakshow, ohne Vertrag und ohne Entgelt. Sein Kleid wurde von Ort zu Ort fadenscheiniger. Während der Treck im von Honig triefenden Amerika vielleicht schon alle Wonnen des Paradieses genoss.

Die Wahrheit ist, dass sie ein armes Luder ist. Und wir alle irgendwie mitschuldig sind an ihrem Lebenslauf.»

Der Coiffeur zog sein Rasiermesser ab. Einige Insassen meines Armenhauses spazierten in den Salon, sahen sich um und spazierten wieder hinaus, denn der Salon gehört zu den wunderbaren und erreichbaren Orten ihres Lebens. Dort ist es behaglich, Betschart wirbelt mit Frotteetüchern und Friermänteln, es duftet nach Kölnischwasser, und auf den Glasregalen stehen hübsche Flaschen, Döschen, Bürsten und Schildpattkämme. Viele meiner Insassen sind alt. Sie genießen ihre Besuche im Coiffeursalon. Betschart lässt sie dort sitzen, ohne dass er deswegen ihre Haare schneiden oder den Bart rasieren will. Was wollen sie denn? Hereinschlendern, eine Weile die Regale bestaunen, hinausschlendern und draußen auf der Bank verweilen, tickend wie eine Uhr. Sie stellen keine Ansprüche. Sie haben das Glück gegen Behagen getauscht, die Erregung gegen Zufriedenheit, das Fieber gegen Gelassenheit und die Aufwallung gegen das Maß.

«Die Kleine hielt ihrem Waisenvater die Treue, Betschart», sagte ich. «Einem Menschen, der ihr den Boden unter den Füßen weggezogen hatte, hielt sie unverbrüchliche Treue. Ihm vertraute sie Erlebnisse, Träume und Kummer an. Für ihn wollte das Hütekind von der Fronalp jemand von Bedeutung werden und empfahl sich seiner Fürbitte im Himmel. Rösli hielt ihn für einen guten Menschen, im Bund mit Gott und den Heiligen. Es glaubte unerschütterlich, dass der Waisenvater hinter ihm stehe. In Gedanken sah es ihn mit den Briefen aus England durchs Dorf spazieren, eine Brissago im Mundwinkel. Es hörte ihn angeben. Wie sein Verdingkind Rösli eine große Zukunft habe. Welch ein Erfolg das Auswanderungsprogramm gewesen sei. Wie nun Gottes Segen für jene selbstlose Tat auf den Waiseneltern liege.

Der Waisenvater von Morschach hat die Kleine nie mit einem Wort erwähnt. Er hatte sie fortgeschickt, weil er ihr ein kleines Erbe hätte auszahlen müssen. Wäre dies an die Öffentlichkeit gekommen, hätte es seinem Ruf geschadet und alle seine Verdienste um die Waisenkinder wären geschmälert worden. Im Geist sah er sein Verdingkind auf dem Karren des Teufels davonrattern. Er wollte das Hütekind vergessen. Dieses war ins Milieu der Schausteller abgetaucht. Er schämte sich für Rösli, denn es war bei den Briten die Dienerin eines Affen.

Dieser Affe steht Tag für Tag mit erhobenen Armen im Geklatsche, während die Dienerin draußen vor dem Zelt aufs Ende der Schau warten muss.

Rösli ist ausgeschlossen von dem Applaus.

Wenn du mich fragst, Betschart, hat dieses Geräusch an seiner Seele zu nagen begonnen. Tag für Tag ein bisschen mehr. Wie das Gebimmel der Geißen, das zwar Kehre um Kehre leiser geklungen hatte, aber in seinem Inneren nie ganz verstummt war.

Das arme Luder hat vor dem Zelt geweint.

Wenn du mich fragst.»

Zu jener Zeit hat auch Morschach einen Aufschwung erlebt.

Auf dem Fels wurde ein Grandhotel gebaut. Kurz darauf erstand ein zweites. Musiker packten ihre Instrumente aus. Die Gäste tanzten zum Fünfuhrtee. Es gab ein Damenorchester. Das war eine Sensation. Die Wildheuer blieben mit einem Heufuder auf dem Rücken am Steilhang verkeilt stehen und stierten die Damen an, die mit ihren Instrumenten ankamen. In reifgespickten, schimmernden Kleidern sind diese dann hinter den großen Fenstern auf dünnbeinigen Goldstühlen gesessen und haben lächelnd ihre Geigenbogen geführt, oder mit ihrer Klarinette Kringel vor ihre üppigen Brüste gezeichnet, wie ein Komplott der Lüste.

Maler haben das Panorama gemalt und in alle Welt verkauft.

Der Pöstler hat Zeitungen vom See heraufgebracht. Durchlauchten schlugen am Frühstückstisch ihre Zeitung auf, um vis-à-vis von unserem Bergpanorama das Weltgeschehen aufzufinden. Wir waren plötzlich beinah der Mittelpunkt der Welt.

Der Treck unserer Auswanderer hätte zurückkehren können. Es gab Arbeit. Für die siebenhundert Betten wurden alle Hände gebraucht. Auch jene vom Rösli von der Fronalp. Aber dieses hat in England seine winzige Nebenrolle gespielt. Es hat den Durchbruch erwartet.

«Eines Tages werde ich eine Spitze im Schaugeschäft sein.»

5

Rösli erlebt in England eine Zeit des Umbruchs. Die Namen von großen Ingenieuren, Forschern, Ärzten und Erfindern werden auf die Titelbalken der Zeitungen gespült. Nach und nach entdecken die Forscher unsere Welt. Sie dringen immer tiefer in weiße Zonen vor. Ein Wesen wie Julia Pastrana macht diesen Planeten noch geheimnisvoller. Ihre Entdeckung bedeutet ebenso viel wie das Auffinden eines bis dahin unbekannten Mineralvorkommens.

Der Impresario zaubert das sensationelle Ergebnis der Untersuchung eines gewissen Doktor Brainerd vor die Augen der Herren Redakteure. *Julia ist eine eigene und besondere Spezies.*

Ein Feuerwerk von Fragen prasselt auf ihn ein. Gibt es in einem versteckten Winkel des Amazonas noch mehr Exemplare ihrer Sorte? Muss eine Expedition ausgeschickt werden? Zur Zähmung? Zur Christianisierung?

Lent hebt die Schultern und lässt sie fallen.

«Who knows?»

Jeden Tag empfängt er einflussreiche Leute des Schaugeschäfts, zitiert Wissenschaftler, verhandelt über Räume, Sitzeinrichtung, Requisiten, Gaslicht und Eintrittskarten. Museumsdirektoren zieht er den Sideshow-Managern vor. Die vornehme Gesellschaft besucht keine Sideshows. Diese gelten als schlüpfrig, minderwertig, unwürdig. In Museen aber zeigt sich die Prominenz gern. Es bedeutet, dass man Bildung hat und Kultur.

Der Geschäftsmann Lent ist bekannt für seine harten, unerbittlichen Verhandlungen. Er wischt Kostenbedenken mit dem Hinweis auf die Einmaligkeit seiner Schau vom Tisch, und dann wird nicht mehr darüber geredet.

«Er orgelte wie in einer Kathedrale», berichtete Rosie la Belle.

«Ich biete den besonderen Kitzel», erklärt er dem Manager von einigen namhaften Ausstellungen. «Ihre Insel, Sir, gleicht einem riesigen Schaugarten für bizarre Kuriositäten, lebenden als auch toten, tierischen als auch menschlichen. Dieser Zweig des Schaugeschäfts blüht. Abnormitäten füllen die Kassen. Wie Sie zugeben müssen, gehören Horror und Schock zum einträglichsten Teil Ihrer Wirtschaft, Sir. Das Volk tummelt sich in den Museen, Ausstellungen, Theatern, Zirkuszelten und Sideshows. Aber inzwischen ist es nicht mehr nur ein amüsanter Zeitvertreib. Das Volk will sich am wissenschaftlichen Prozess beteiligen. Darum, Sir, biete ich dem Publikum eine Plattform für Debatten. In meinem Auditorium kann sich Krethi und Plethi den Mantel wissenschaftlicher Neugier umhängen.

Sir, Sie werden mir nicht widersprechen, wenn ich behaupte, der Mensch brauche eine Legitimation für seine Lust am Abartigen. Vor allem in England stehen meiner Julia Pastrana die Türen weit offen. Sie ist die Nondescript. Unerklärbar. Anders als Sie und ich.»

«Was ist wahr? Was ist erfunden?»

«Wen interessiert es, Sir! Klatsch und Gerücht sind die Segnungen des Teufels für unser Schaugeschäft. Meine Pastrana wird untersucht, ausgedeutet, wieder untersucht, umgedeutet. Noch nie zuvor sind so ausführliche Dokumente über mein Exponat erschienen. Doch mit jeder Veröffentlichung wächst das Geheimnis um das Wesen Julia Pastrana. Ein Geschöpf wie sie macht den Leuten klar, dass es Brüche in der Ordnung der Dinge gibt. Und zwingt die Forscher, auch dieses letzte Rätsel zu lösen. In den Köpfen spukt ja die Idee, alle Rätsel der Welt ließen sich lösen.»

«Was sagt die Wissenschaft?»

«Alles und nichts! Julia ist weiß wie die inneren Gebiete der neuen Kontinente.»

«Was sagt Francis Bacon?»

«Wenn wir die Naturgesetze kennen, können wir die Welt nach unserer Vorstellung neu schaffen. Kennen Sie ein besseres Argument für den Besuch meiner Schau, Sir?»

«Was sagt Rom?»

«Ein Fall von Sodomie, eine Strafe Gottes. Der Antichrist leugne den Schöpfungsakt. Die Atheisten seien von unseren Universitäten fernzuhalten.»

«Was sagen Sie, Mister Lent?»

«Julia ist das einzige Exemplar. Und dieses gehört mir.»

«Widerspruch ist das beste Argument für Ihre Schau, Mister Lent. Nutzen wir das Brodeln im Volk für unsere Suppe! Unser Haus steht Ihrem Exponat zur Verfügung.»

Es gelingen Theodor Fairchild Lent Abschlüsse mit den ersten Häusern.

Nach dem Tamponieren des unterzeichneten Vertrags reißt er die Tür seines Empfangszimmers auf und schreit den Namen des Etablissements über die Zimmerflucht. Julia strafft den Rücken und wiederholt den Namen. Wie eine Frage, ein ungläubiges Staunen, dass eine wie sie in einem bedeutenden Museum ausgestellt wird. Sie legt die Finger auf die Lippen, als versiegle sie ihre Anbetung für den Impresario. Lent lehnt mit gekreuzten Beinen am Türrahmen und lauscht aufs Echo, das sein Federstrich am anderen Ende des Ganges ausgelöst hat.

«Gütiger Waisenvater.

Ich denke oft an meine Geißen. Dass ich sie verlassen musste, macht mich traurig. Ich sehe mich noch in der Wiese sitzen. Meine Beine waren bleiern, und ich konnte nicht weitermarschieren, weil ich blind war von den salzigen Tränen, die mir ins Maul geronnen sind. Ich gebe zu, dass ich sehr zornig auf Sie war. Ich hätte demütig sein und Euren Beschluss ohne Murren hinnehmen müssen. Doch das ist leicht gesagt, bei meinem Temperament. Ich weiß, dass ich Euch das nicht schreiben sollte, da ich mich versündige. Aber ich liege schon so viele Nächte wach. Und noch immer steigt Wut in mir hoch. Ich komme einfach nicht dagegen an. Betet für Euer Rösli! Ich habe keine Stimme im Himmel.

PS. Noch etwas.

Auch der Impresario spaziert in den schlaflosen Nächten durch meine Gedanken ein und aus, gerade wie ihm beliebt. Manchmal denke ich, dass ich zu ihm rennen würde, wenn er mich ins Zimmer riefe. Ich würde mich sorgfältig eine Handbreit auf seine Bettkante setzen. Leider muss ich diese Idee immer weiterspinnen. Ohne Halt. Stelle mir lang und breit vor, was er dann sagt. Was ich antworte. Es ist immer etwas Schönes, das wir einander sagen. Dann umarme ich mich, um zu spüren, wie es ist, wenn *er* mich umarmt. Und so weiter. Ihr werdet mich für verderbt halten. Was ich auch bin. Meine Phantasie galoppiert mit mir durch. Ich bin schwach, verehrter Waisenvater. Ihr habt mir nicht beigebracht, stark zu sein. Oder habt es den Geißen auf der Fronalp überlassen, mich stark zu machen.

Oft steige ich aus meinem Bett und bete auf Knien zur Jungfrau Maria. Aber sie vertreibt die sündigen Gedanken nicht. Die Madonna hat nie einen Mister Lent gekannt, der so schön ist. Hat deshalb auch nie Anfechtungen gehabt. Ich glaube, sie kann ein Rösli von der Fronalp, das viele Stufen tiefer steht, gar nicht verstehen. Legt ein gutes Wort für Euer Verdingkind ein! Helft Eurem schlaflosen Rösli!»

Vorführung folgt auf Vorführung, Stadt auf Stadt.

Langsam und unaufhaltsam bewegt sich Lents kleine Truppe durch die Ovationen der Insel.

Man reist im geschlossenen Compartiment des Eisenbahnzugs, unerkannt. Julia unter ihrem riesigen Hut, wie andere Damen auch, die sich gegen den Staub und Ruß der fauchenden Eisenbahn schützen.

Die Schausteller fallen nicht auf. Eine winzige Dame mit Handgepäck. Ihr stockschwingender Gatte. Eine junge Bedienstete. Einige Träger karren ihr Gepäck zum Abteil. Samtvorhänge verhüllen das Fenster.

Der Zug folgt der Küste.

Während diesen Fahrten näht, häkelt oder stickt Julia. Schweigsam zieht sie den Faden durch den Stoff. Blumen und Blätter entstehen, ihre Stengel umschlingen einander und fügen sich zu einem vielfarbigen Kranz. Über diesem lässt Julia einen Schmetterling schweben. Der Schmetterling ist ihre Signatur. Gestickte oder gehäkelte Schmetterlinge sitzen mit aufgefalteten Flügeln auf Broschen, Fingerringen, Haarspangen, sogar auf dem Duftflakon, das sie ab und zu öffnet, um ein paar Tropfen aufs Spitzentuch zu träufeln und ihre Stirn zu benetzen. Ein Schmetterling ziert das Seidenband, das sie zu jedem Auftritt ums Handgelenk gebunden trägt. Dieses Armband ist ihr Glücksbringer. Sie führt ihn an ihre Lippen, ehe sie aus dem Käfig in die Manege springt.

Miss Pastrana sei geschickt in Handarbeiten, teilt der Impresario dem verehrten Publikum mit. Sie benötige keine Vorlagen, sondern erfinde die leuchtend farbenfrohen und äußerst einprägsamen Muster. Zu dieser Erörterung neigt Julia den Kopf, ergreift den Kleidsaum und macht einen Knicks.

Das überrascht Rösli am meisten: Julias häusliche Fähigkeiten. Wie dieses Geschöpf sich über die Nähschatulle hermacht, sobald die Vorführung beendet ist. Die Fadenspulen liegen nach den Farben des Regenbogens geordnet in ihrer faltbaren Holzschatulle. Sie besitzt eine kleine Schere mit ziselierten Schäften. Die hebt sie in Augenhöhe und trennt ein armlanges Fadenstück ab, befeuchtet das Ende zwischen den Lippen, fädelt es im Tageslicht ins Nadelöhr, dann schiebt sie einen silbernen Fingerhut an den dunkelbehaarten Mittelfinger. Sie spannt ihre Arbeit sorgfältig in einen Stickrahmen und beugt sich darüber.

Ein gealtertes Schimpansenkind mit zerstochenen Fingern, Stecknadeln im Ärmelaufschlag, dem beim Vorneigen die buschigen Brauenhaare über die Augen hängen. Lange Zeit ist nur das Geräusch des durchgezogenen Fadens zu hören.

Lent behauptet, Julia könne ebenso selbstverständlich in einer Küche hantieren. Aber in den Hotels, in denen sie absteigen, gibt es keine Kochgelegenheit.

Rosie konnte nicht nähen, sticken, kochen, ein Zimmer wohnlich einrichten oder einen Tisch decken. Ihr fehle dazu der Sinn, meinte sie. Sie sei keine Hausfrau.

«Sie ist alles andere», behauptete Coiffeur Betschart. «Sie kommt lieber in meinen Salon zum Plappern, statt dass sie in der Armenhausküche Kartoffeln schält. Sie bläst den Faulenzern, Galgenvögeln und Idioten den Zigarrenrauch ins Gesicht und stöckelt über die Silbergasse zu mir herüber. Sie kommt wegen der Ambiance und wegen des Séparées für Damen. Sie lässt sich in der Kabine nieder, biegt mit einer Zange die Wimpern, nähert ihre kurzsichtigen Augen dem Spiegel, flattert einige Male und reißt die Augen auf, als wolle sie ihre Pupillen in moosgrüne Porzellanstücke zerspringen lassen. Während Stunden sitzt sie dann da, schaut sich an und stupst von Zeit zu Zeit ihren Bubikopf zu Wellen. Einmal hat sie gefragt: ‹Was meinst du, Betschart? Würden mir Wasserwellen stehen?› Hat wohl gehofft, dass ich ihr das Haar mit der Brennschere onduliere.»

Eine Femme fatale, noch als Greisin.

Sie hat die Pastrana für ihre häuslichen Fähigkeiten bewundert, aber nie versucht, es ihr gleichzutun. Ihr Lebenstraum, das war eine Burlesque-Karriere. Wenn Rosie ihre Memoiren geschildert hat, dann leuchtete ihr Gesicht. Erzählend hat sie sich in ein Kind mit weit aufgerissenen Augen verwandelt, das seine moosgrünen Augenkiesel auf mich richtete. Ich habe darin Sonnensprenkel entdeckt, als stünde dieses Kind beim Komponieren des Bilds auf seinem angeleuchteten Fronalpfels.

Es verschlug mir den Atem. Zum ersten Mal hat eine Frau mir den Atem genommen. Ich war sehr verlegen, weil ich dieses Gefühl nicht zuklappen konnte wie ein Buch.

Ich habe Menschen schon immer bewundert, die das Einfärben grauer Tage beherrschen. Sie federn dahin. Nichts drückt sie nieder. Ihnen gehört das Grün an ihrem Weg. Ihnen gehören die Berge am linken Ufer, die Berge am rechten Ufer und der See dazwischen. Der Wind gehört ihnen, das Licht des Tages und das Dunkel der Nacht. So ein Mensch war Rosie. Wenn es mir in meiner Amtsstube zu still wurde, ging ich ins Armenhaus, faltete mich in eine Nische und ließ mir von meinem Schützling Bilder in die Luft malen.

Auch meine Insassen haben gern zugehört. Sie pinselte Gemälde vor sie hin. Diese gaben ihren Tagen etwas Farbe. Das Geschilderte stand ihnen beim Schälen der Kartoffeln vor Augen. Oder wenn sie sich mit blaugeäderten, knöchernen Händen am Holzverschlag des Aborts abstützten und eine halbe Ewigkeit tröpfelnd in die Latrine starrten. Oder beim Vorwärtsbocken ihrer Gehhilfe. Oder wenn sie in ausgeleierten, lotternden Schuhen über die Silbergasse schlurften, unvermittelt stehen blieben und die Augen weit aufrissen, weil sie das Ziel vergessen hatten. Oder wenn ihr Bettnachbar von der Tobsucht gepackt wurde. Oder ein Greis in Windeln nach der Mutter schrie. Oder ein Gebiss klapperte, weil die Kälte in die Knochen kroch.

Meine Insassen fanden Trost in Rosies Bildern.

6

Die Affenfrau wird in England zum *Fall Julia Pastrana*.

In den englischen Clubs zittern die Zeitungen in den Händen der Mitglieder, die sich zum Lesen treffen. Ein Gentleman zerknüllt die Zeitung. Ein anderer stopft seine Pfeife, saugt die Flamme an und setzt die Lektüre fort. Es gibt Lehrmeinungen, Auslegungen, Streitgespräche. Das eherne Gefüge der Welt ist aus dem Gleichgewicht. Das Herumzeigen einer Kreatur wie Julia legt diese Risse frei. Der Fall spaltet Freundschaften, Fachgremien, Eheleute, Kirchgemeinden. Er wird für religiöse und rassistische Propaganda genutzt.

Haben alle Arten einen gemeinsamen Ursprung? Setzt sich der Angepasstere durch?

Ist eine Entwicklung möglich, die ohne Gottes Willen vonstatten geht? Durch Auswahl? Wäre das die Erklärung für das Leid der Geschöpfe?

Ist die Geschichte von Adam und Eva, unseren Stammeltern, nur ein Märchen?

Muss in Julia Pastrana die Stammmutter einer neuen Gattung gesehen werden, deren Vollendung in der Zukunft liegt?

Oder ist sie im Gegenteil ein Rückfall in der Entwicklungsphase des Homo sapiens, vielleicht gar das Missing Link?

Ist Fortentwicklung im Urkern angelegt und ist der Mensch das Ziel? Oder bewegt sich die Entwicklung weiter?

Gibt es einen Schöpfungsplan? Und was wäre sein Zweck?

Fragen über Fragen.

Lents Affenfrau ist die Verkörperung der Rätsel der Zeit.

Julia sei, was sie sei. Ein Mensch. Sie wisse nichts anderes. Sei wie die Mutter. Wie der Vater. Sei so geboren. Das Gesicht voll Flaum.

Anfragen von Universitäten stapeln sich in Lents Büro. Die Welt hat ein Recht auf Klarheit und Wissen.

Für medizinische Untersuchungen stellt der Impresario Bedingungen. Das Honorar für das Recht auf eine Examinierung muss der Tortur und ihrer Dauer angemessen sein. Das Exponat darf nicht beschädigt, seine Erscheinung nicht entwertet und für Auftritte unbrauchbar gemacht werden. Er will Kenntnis vom Resultat. Des Weiteren die Freiheit zur auszugsweisen Veröffentlichung.

Die Offerten überbieten einander. Ein Pulk von Ärzten sucht das versteckte Hotel mit Instrumentenkoffern auf. Man nimmt die Julia in Beschlag. Erst nach Stunden werfen die Ärzte ihre Instrumente in die Taschen und enteilen.

Diese Untersuchungen sind entsetzlich. Miss Pastrana in Tränen. Blut färbt ihr Laken. Tupfer liegen herum. Die Kammer ist ein Durcheinander des Elends.

Die Dienerin summt für Julia ein Kinderlied. Nach den ersten Takten schluchzt diese nicht mehr auf. Sie lässt sich auf dem Bett mit angezogenen Beinen zur Seite fallen und weint leise in ihr Kissen. Sie beruhigt sich erst, wenn ihr Impresario ins Zimmer tritt.

«Sie sind wild auf Abnormitäten», erklärt Mister Lent. «Sie zahlen jeden Preis.»

Er erzählt, dass siebzig Gelehrte eine Pygmäengruppe nackt an die Wand gestellt, vermessen und gezeichnet hätten. Die Sprachbegabung der Pygmäen oder ihre Wünsche oder ihr Leben haben die Wissenschaftler nicht im Geringsten interessiert. Sie tanzten herum mit ihren Messgeräten, außer Rand und Band, weil sie gleich eine ganze Gruppe Kleinwüchsiger in ihren Studiensaal geliefert bekamen.

Julia zieht das Laken über die Augen, während er ihr alles erklärt. Er federt durch die Kammer, die Hände auf dem Rücken verschränkt, wendet, um in die andere Richtung zu federn und auf dem immer selben Teppichmuster sich mit einem Schwung zu drehen. Er redet ohne Unterbruch.

Napoleon hatte im Schweizer Kanton Wallis eine Reihenuntersuchung angeordnet. Seine Ärzte fanden unter den 70 000 Bewohnern 4000 Kretins. Vom Riesen Charles Byrne sei bekannt, dass er an der Furcht litt, Anatomen wollten sich seiner Knochen bemächtigen. Er war geradezu panisch. Als er starb, belagerte die Chirurgenmeute sein Haus und erhob Anspruch auf seine Leiche. Noch nicht erkaltet, rissen sie die Leiche vom Totenbett, kochten sie aus und hängten das Skelett des Riesen ins Museum.

«Verrückte!», sagt Mister Lent.

Er findet keine Zeit, Julia zu trösten. In seinem Büro pfeift er gellend durch zwei Finger und schreit über den Gang, Rösli soll das Gejammer von Julia abstellen. Es störe bei der Arbeit.

Auf seinem Pult liegen die Berichte der Mediziner mit Angaben über Länge, Dichte, Verbreitung und sogar den Geruch von Julias Haaren.

Das vermessene Exponat zählt 1.38 Meter ohne Schuhe.

Das Exponat wurde zwecks genauer Untersuchung entkleidet. Es ist weiblich. Es hat dichtes Schamhaar.

Das Exponat wurde zwecks Anschauung und zu weiteren Studien abgezeichnet. Von vorn, von hinten, von der Seite.

Lent studiert das Ergebnis der Untersuchung. Die Berichte liefern ihm Argumente, die sein Schauobjekt noch interessanter und einträglicher machen. Den einen oder anderen Satz überträgt Mister Lent in sein Notizbuch, um ihn als Werbespruch für ein Plakat zu nutzen. Briefe von Wissenschaftlern liegen auf dem Schreibtisch. Man dankt Mister Lent im Namen der Wissenschaft und beglückwünscht ihn zu dieser einzigartigen Kuriosität. Man respektiert seine Mühe. Es ist eine Pionierleistung, diesem fremdartigen Wesen Kunststücke und Fremdsprachen beizubringen. Verehrter Herr Lent, es muss gewiss eine unerhörte, geradezu unglaubliche Überwindung kosten, einem so düster dreinblickenden und hässlichen Geschöpf die christlichen Werte unseres Abendlands beizubringen. Verehrtester, Sie geben sich Tag und Jahr, rund um die Uhr mit einem Wesen ab, das nicht weniger behaart ist als ein Hund. Sie sind so gut zu Julia, Mister Lent.

Geld liegt auf dem Tisch.

Julia will keine Sonderheit sein. Nur ein Mensch. Sie möchte in einer Küche hantieren, Wäsche säumen, Monogramme sticken, Kräuter und Blumen aus dem eigenen Garten pflücken. Sie wünscht sich einen Glasschrank mit Tassen aus chinesischem Porzellan. Sie möchte Damen zum Tee einladen. Arm in Arm mit einem Ehemann Spaziergänge machen. Unverschleiert und von Kindern begleitet. Eine gewöhnliche Frau. Eine wie die anderen.

Aber sie ist eine Sonderheit. Man zahlt, um die Affenfrau zu sehen. Man reist von weit her an. Diese Denkwürdigkeit gibt es nirgendwo sonst auf der Welt.

Lent zeigt Julia nicht nur in den Städten, sondern auch in den Dörfern. Damit auch der letzte auf seinem Hintern im Kaff Hockengebliebene die Schrecknisse der Ferne erahnen kann. Er zeigt das hässlichste aller Geschöpfe, damit der Mensch sich auf seine Erhabenheit besinne.

Wir sind die Meister über jegliches Getier.

Die Krone der Schöpfung.

In einer Nacht poltert Miss Julia gegen die Kammerwand.

Das Kind erschrickt zu Tode.

Ehe Mister Lent das Rösli zur Dienerin ernannt hat, kam Julia ohne Hilfe zurecht. Sie schwang den Halsmantel über die Schultern, knüpfte sich selber das Schmetterlingsband ans Handgelenk und befestigte ihren Schmuck in den Zöpfen. Sie und ihr Impresario traten auf und traten ab. Ein wunderbares Zusammenspiel. Jetzt gibt es eine Dienerin. Diese Dienerin stört. Mister Lent hat sie ausgewählt. Ein halbes Kind, das kaum Julias Sprache versteht. Dem sie Furcht einflößt. Ein Anhängsel. Das ganz und gar überflüssige Vorspiel von Julias Auftritt. Die Belle ihres Impresarios.

Was will die Pastrana von Rösli?

Die günstige Unterkunft, in der Mister Lent seine Truppe immer einquartiert, hat dünne Wände aus Holz. Die Holzfäller in unserem Dorf spalten solche Bretter mit einem Handkantenschlag. Zum Anwärmen.

Die Dienerin fürchtet Julias Rache. Was weiß sie von diesem Geschöpf? Was der Impresario seinem Publikum erzählt. Dass Julia aus der Wildnis kommt, Leute erschreckt, und dass er sie abgerichtet hat. Rösli kennt das bleckende Gebiss, das Starren der glanzlosen Augen, die helle Farbe ihrer herabgeklappten Augenlider. Abends sitzt die Affenfrau mit Haube und Nachthemd auf dem hohen Bett und lässt die Beine baumeln, wie ein schüchternes Mädchen, das wartet, dass man mit ihm bete und es dann zudecke.

Rösli kennt die Geschichten der Heimat. Auf der Fronalp verwandeln sich Menschen bei Mondschein in Werwölfe. Ihre Zähne leuchten, wenn sie das Maul aufreißen, um der Geißenhüterin das Blut aus dem Hals zu saugen. Im Dorni verschwinden Frauengestalten mit Bart. Aber in einem englischen Hotel klopfen sie gegen die papierdünne Wand.

Die Kleine zieht die Knie unter dem Nachthemd ans Kinn. Sie fürchtet sich nicht nur vor Miss Julia, sondern auch vor Mister Lent. Sein Zimmer liegt am anderen Ende des Gangs. Wenn er nachts ein Rumoren vernimmt, wird er ärgerlich. Schon aus geringem Anlass schwingt er die Peitsche.

Das Mädchen kratzt mit den Fingern am Täfer, damit die Affenfrau Ruhe gebe. Damit sie weiß, dass ihre Dienerin da ist, wachsam ist. Für eine Weile herrscht Stille. Dann vernimmt Rösli das leise Wischen eines Körpers, der sich an der Wand entlangschiebt, um sich auf den Boden zu setzen. Auch Rösli sitzt auf dem Boden, den Rücken an der Wand, die Arme um die Knie geschlungen. So sitzen sie. Rücken an Rücken. Jede in ihrer Kammer. Eine drei Finger dicke Wand zwischen ihnen. Jede führt ihr Leben hinter dieser Wand, keine benötigt die andere, keine vertraut der anderen.

Leise schiebt Julia ihren Rücken übers Holz. Bewegt sich von einer zur anderen Seite. Rösli stimmt in diese Bewegung mit ein. Ihre Rücken wischen nach links und nach rechts über die Wand. Sie wiegen sich miteinander wie das Pendel einer Uhr.

Sie werden zu einem Takt.

Zu einer Musik.

Es geschieht erneut.

Julia poltert. Rösli schabt. Das Pendel ihrer Rücken wiegt sich im Takt. Sie sind Musik.

Dann eine Nacht, die anders ist.

Beide stehen sich in der Kammer gegenüber, Affenfrau und Dienerin, zu einer Stunde, da alles schläft. Die Fenster sind helle Flächen, das durchbrochene Spitzenmuster der Vorhänge leuchtet. Auch die Leintücher des Bettes sind aufgehellt. Und es ist zu erkennen, dass das Bett einer Burg aus Kissen und Decken gleicht. Julia thront mit angezogenen Beinen auf diesem Aufbau. Ihr Nachthemd und ihre Rüschenhaube sind von einem blauen Licht durchglüht. Nur das Gesicht ist schwarz. Sie klopft mit der flachen Hand auf das Kissen an ihrer Seite. Röslis Furcht verfliegt. Es tappt auf das Wesen zu und kauert sich mit angezogenen Füßen daneben. So sitzen sie in der Bettenburg mit ausgelöschten Gesichtern, in der Dunkelheit nicht zu unterscheiden, eine neben der anderen. Ohne die Spur einer Angst. Aufgehoben in der Mulde der Kissen. Gefährtinnen, die zusammen atmen und schweigen. Deren Hände einander suchen.

Julia ist kein Monster mehr. Rösli ist kein Kind mehr.

Sie wiegen sich schweigend.

Viele Atemzüge lang. Hunderte von Herzschlägen lang.

Von Ruhe durchströmt verlassen sie einander.

Von jetzt an jede Nacht.

«Verehrtester Waisenvater.

Ich bin in einem Schub um fünf Zentimeter gewachsen», schreibt Rösli. «Ich schaue nun dem Impresario über die Schulter. Bin auch ein wenig dicker. Vor allem oben herum. Ich esse wie ein Scheunendrescher. Schlafe ganz allein in einem großen Bett. Wir logieren im Hotel. Ich bekomme mein Essen ins Zimmer. Man nennt es ‹Dinner›. Man sagt auch nicht ‹Zuschlagen wie ein Drescher›. Ich speise. Eine zum Segelschiff gefaltete Serviette steht auf meinem Tablett, ich getraue mich nicht, mein Blaubeermaul damit abzuwischen. Man nennt mich hier Miss. Ich könnte zu den Herrschaften Eures neuen Grandhotel Axenstein gehören. Bin es quasi. Miss Rösli lässt sich bedienen von hinten bis vorn. Ich gehe über Teppiche, obwohl dann meine Schuhe nicht poltern. Doch es gehört sich für Herrschaften so. Sie gehen nur über Teppiche. Euer Rösli hat Manieren. Niemand merkt, dass ich von der Fronalp bin. Leider ist mein Kleid ein Lumpen und platzt in den Nähten. Der Impresario schaut mich prüfend an, von oben bis unten. Ich muss eine große Belle werden. Dann kauft er mir ein Kleid. Vielleicht in Eierschalenfarbe und mit Biesen überall, wie am Nachthemd der Pastrana. Damit kann ich mich im Speisesaal sehen lassen und unter den Herrschaften dinieren. Es ist bestimmt bald so weit. Ich werde berühmt, und Ihr könnt groß angeben mit mir. Euer Geißenrösli.»

Der Waisenvater muss über die Briefe aus England schockiert gewesen sein. Sobald die Verdingkinder nicht mehr die Strenge einer Hand spüren, hocken sie dem Teufel auf den Karren.

Die aufgetauchten Briefe sind ziemlich beschädigt. Einige müssen zerknüllt worden sein, danach wurden sie wieder glattgestrichen und vermutlich erneut gelesen. Manche sind geklebt, Fetzen fehlen. Der Waisenvater muss diese Briefe zerrissen und zerstreut haben. Es war wohl die Waisenmutter, die diese Fetzen zusammensammelte und sorgfältig geklebt hat. Diese Nachrichten aus dem Ausland haben die Frau interessiert, denn dies waren Nachrichten aus einer Welt, die sie nie kennengelernt hatte. Zudem waren dies Dokumente eines Pflegekinds. Sie brachte es nicht übers Herz, sie zu vernichten. Der Erfolg der Erziehung schien sicher auch ihr zweifelhaft. Sie erkannte keine Wirkung ihres Richtspruchs fürs Leben, denn hartköpfig wie diese Kinder sind, stießen sie die nächstbeste Tür ins Verderben auf. Ihr Mann gab sich viel Mühe mit den Verdingkindern. Nur Undank war sein Lohn.

Laut Coiffeur Betschart werden die Auswanderer Tellerwäscher. Und ruckzuck Millionäre. Von da an bewegen sie sich auf einer anderen Stufe als wir. Im Milieu eines Grandhotels. Unsrige! Man bedient sie wie Fürsten.

Aus Rosie ist eine Burlesque-Tänzerin geworden. Eine Femme fatale. Hätte man uns das Mädchen auf die Alpenterrasse zurückspediert, als es jung und kräftig und ein Sonnenschein war, hätte man es zu einer tüchtigen Kraft hinbiegen können. Bei Betscharts Vorgänger hätte Rosie eine Ausbildung zur Coiffeuse bekommen. Vor den hohen Feiertagen hätte sie allen Berglern, Holzfällern und den Insassen des Armenhauses die Finger- und Fußnägel geschnitten und die Ohren mit Stäbchen geputzt. Eine Woche wäre die Coiffeuse mit Schnipseln, dem Ausrasieren von Nacken und dem Kreppen der Haare beschäftigt gewesen. Wenn der Letzte den Salon mit einer Stahlmatte über den Ohren verlassen hätte, wäre sie vor Müdigkeit umgefallen.

Keine Rede mehr von Amüsement!

So aber hat sie am Hafen herumgelungert. Wie man hört, war sie immer schon vom Ausgefallenen und Nutzlosen angezogen, wie die Motte vom Licht. Einem solchen Temperament sei die Schaubude mit ihrem Amüsement gerade recht gekommen. Dort wimmelt es von merkwürdigen Gestalten. Der Allerweltsimpresario hat die Zwölfjährige am Hafen aufgelesen wie ein vom Treck zurückgelassenes Gepäckstück.

«Sie hat ihn keinen Cent gekostet. Anders als Julia Pastrana. Anders als das zweiköpfige Kalb. Selbst der Papagei hat den Mann mehr gekostet. Dieser Dompteur kam zu unserem Rösli wie die Muttergottes zum Kind. Wieso sollte er die Berggeiß fortschicken, Toni? Sie hat ihm als Vorführobjekt gedient.»

Lent macht keinen Vertrag.

Kein Lohn, kein Sackgeld, keine Freizeit, keinen Anspruch auf Kleidung. Er kann das Mädchen jederzeit nach Morschach schicken. Zu diesen Gimpeln dort, die für ihre Bürger aufkommen.

Rösli ist glücklich. Eine Auserwählte.

Sie kann ihr Glück kaum fassen.

Ihr ganzes Entsetzen legt sie in die Rolle des englischen Mädchens. Ihre Bestürzung wirkt komisch, sogar ein wenig erregend. Ein Kitz auf der Wildbahn. Lent entgeht nichts. Beim Aufdecken des Käfigs zieht sie viele Blicke auf sich. Sie ist eine heranreifende Belle. Eine köstliche kleine Lola Montez.

Das Rösli bewundert den Impresario. Es errötet unter seinem Blick. Sein Herz klopft zum Zerspringen, wenn er das *englische Landmädchen* in die Manege winkt. Ist es ein Wunder? Auch das Publikum jubelt dem Dompteur zu. Und Julia Pastrana betet ihn an. Ohne ihn würde sie zum Abschuss in der Wildbahn freigegeben. Zu Tode gehetzt, wie die Bartfrau vom Dorni.

Er verspricht dem Rösli eine Ausbildung. Was zu dieser Zeit etwas heißen will. Dumm ist die Kleine nicht. Lents Truppe wird jeden Tag satt und hat jede Nacht ein Dach über dem Kopf. Rösli und Julia sehen ihre Namen in Großbuchstaben auf den Aushängen. Sie haben ein Publikum. Admirer nennt Mister Lent die Verehrer. «Eure Admirer warten.»

Er sorgt dafür, dass die beiden im Schaugeschäft einen Wert haben. Sie sind Lents Aktien. Er hat noch nie auf eine falsche Aktie gesetzt.

7

Jeden Tag schreit das Mädchen seinen Schrecken ins Publikum und Julia Pastrana tanzt Pepita. Sie bringen schreiend und tanzend den Süden von England hinter sich.

Nie ein Fehler. Nie ein verpatzter Auftritt.

Jeder Handgriff sitzt. Jedes Requisit findet sich zum richtigen Zeitpunkt auf dem richtigen Platz. Die Musiker schmettern die passende Melodie im passenden Augenblick, und die Attraktionen tauchen ins Bild.

In Oxford sei es dann passiert, berichtete Rosie la Belle. Dort sei der geschmierte Ablauf ins Stocken geraten. An einem sonnigen Nachmittag. Spaziergänger studieren das Plakat. Der Ausrufer in Uniform vor der Tür lockt die Menge an. Julia kauert bereits im Käfig, herausgeputzt wie eine Puppe, gekämmt, behängt und duftend. In grenzenloser Ergebenheit auf ihren Auftritt wartend. Und Rösli hält den Seidenumhang zum Wurf übers Käfiggitter bereit. Mister Lent kontrolliert die Aufmachung von Julia.

Doch der Befehl zum Zudecken des Käfigs bleibt aus. Der wasserhelle Blick von Mister Lent schweift von Julias Kopfschmuck übers Kleid zu den Stiefeletten und den Armen. Der Schmuck fehlt. Julia ist noch nie ohne ihren Glücksbringer aufgetreten. Lent richtet den Blick aufs Handgelenk von Rösli. Ein Schmetterling faltet jetzt dort seine Flügel auf. Julias Band umspannt nun die Hand der Dienerin.

Er weiß alles!

Sie kommen zusammen, die zwei. Hinter seinem Rücken. Wenn er Zahlenkolonnen addiert oder um Engagements feilscht, dann amüsieren sich die beiden. Sie haben die Scheu voreinander verloren. Sie sind ein Takt. Eine Musik.

Er ist der Hintergangene. Wie lange schon?

Der Impresario würgt die Lederpeitsche in seiner Faust. Durch die Zähne zischend, schaut er Julia an, scharf und durchdringend. Dann richtet er die Augen auf das Kind.

Mit einem Peitschenhieb reißt er Rösli den Schmetterling vom Handgelenk. Mit einem zweiten Hieb legt sich die Schnur um den Hals der Kleinen. Sie steckt in der Schlinge. Der Impresario holt seine Ernte ein, Schrittchen um Schrittchen. Bis sie ihn berührt und die Nase in sein Rüschenhemd senkt. Bis sie ihn einatmet, seinen Geruch nach Tabak, Schweiß und Erregung.

Sie kann das Klopfen seines Herzens hören.

«Ma Belle, du erblühst.»

In seiner Stimme ist Verwunderung. Die Göre wird zur Frau. Sie mausert sich zu einer Lola Montez von der Fronalp.

Noch immer knäuelt sie in ihren Händen den Umhang zum Bedecken des Käfigs. Lent bricht ihre geballten Hände auseinander. Die Seide bauscht sich aus der Öffnung zwischen ihnen zu einer rosaroten Wolke auf. Lachend steckt er einen Finger ins Mieder der Kleinen, rafft mit der anderen Hand ihren Rock hoch und tastet zwischen ihre Schenkel.

Vor Julias Augen. In Anwesenheit des Geschöpfs, das große Stücke auf seinen klugen Impresario hält. Ihn über alles verehrt. Dem Julia ihren Stolz opfert, ihre Würde, ihr Dasein als ganz gewöhnlicher Mensch. Für den sie Tag für Tag das Monster spielt. Dieser einzige Mann in ihrem Leben, mit dem sie auf der Welt je etwas verbunden hat, betastet die Gefährtin ihrer Nächte.

An diesem Abend legt der Impresario in seinem Bürozimmer beide Beine auf seinen Schreibtisch und pfeift gellend durch zwei Finger. Die Dienerin erscheint. Er schaut sie an. Eindringlich.

«Die Lola Montez war göttlich.» Er nimmt die Gerte vom Pult und lässt sie über dem Kopf der Dienerin kreisen.

Rösli begreift. Ein Spiel. Sie ist Lents weißer Tiger. Sie hebt die Arme mit geknickten Handgelenken vors Gesicht und hüpft im Kreis. Die Gertenspitze zeigt zu Boden. Rösli wirft sich vor dem Bürostuhl auf die Knie. Er reißt die Gertenspitze hoch und sie schnellt in die Höhe.

«Tanz!» Lent rutscht tief in seinen Bürostuhl. Seine Beine spreizen und schließen und spreizen sich.

Rösli tanzt.

Coiffeur Betschart stürzte beinah in sein Rasiermesser vor Lachen. Er habe mich beobachtet, als Rosie diese Situation geschildert habe. Ich hätte abwechselnd von ihren Echsenschuhen zum Himmel und von dort auf meine zwischen den Beinen gefalteten Hände gestarrt. «Das ist kein Buch, Toni. So ist das Leben. So benehmen sich Mann und Weib.»

Rosie la Belle hat Erfahrung, meinte Betschart. Sie hat das Kapital ihrer Schönheit in frühester Jugend schon verschleudert und sich für einen Dompteur ruiniert, der aus dem Vorhang gesprungen ist. Heute sitzt sie mit ausgestreckten Lilabeinen vor dem Salon und brütet unter ihrer Cloche über ihr nichtsnutzes Leben nach.

Was die Auswanderer fern ihrer Heimat treiben, könne Betschart eigentlich gleich sein. Ihn überrascht, dass ich Verständnis erwarte.

«Du kannst doch nicht wirklich glauben, die Bürger würden deine Armenhäusler mit Begeisterung durchfüttern? Würde es sich bei Rosie um meine Tochter handeln, dann hätte ich ihr die Tür gewiesen. Aber du erwartest, dass ich sie mit Fräulein La Belle anspreche und sie in meiner Damenkabine plaziere. Womöglich soll ich deiner Spitzen-Burlesque noch gratis die Haare ondulieren?»

So spricht der Coiffeur. Er meint es nicht so. Selbstverständlich lässt er Rosie in seiner Kabine die Wimpern biegen, damit sie sich als eine Femme fatale fühlt, wie ein Mensch.

Die Zwölfjährige tanzt. Ob es Betschart und mir passt oder nicht.

Wer hat dem Hütemädchen von der Fronalp das Tanzen beigebracht? Der Wind? Die Wellen? Lodernde Flammen? Die Pastrana? Das prickelnde Blut in ihren Adern? Wir zwei knorrigen Gesellen werden die Geheimnisse des Lebens nie erraten. Doch es ist sicher, dass dieses Mädchen wie eine Elfe mit nackten Füßen durchs Blickfeld ihres

Herrn geschwebt ist. Seine Kristalle verliehen ihren Füßen Flügel.

Was wird er ihr zugeraunt haben, dieser Dichter, Redner, Schausteller und Verführer? Es ist sein Beruf, das Gewöhnliche ungewöhnlich erscheinen zu lassen. Und er weiß, Worte sind Perlen. Sie rieseln kleinen Mädchen zu Füßen und lassen sie reifen vor der Zeit.

Sie sei schön. Sagt er. Verlockend. Ein Talent.

In ihr schlummert eine Künstlerin. Sagt er.

Er verfüge über genug Geld, um eine bedeutende Summe in ein vielversprechendes Talent zu investieren. Genug Verbindungen, um eine makellose Rose zur Entfaltung zu bringen.

Sie muss geweckt werden. Denkt er. Vom richtigen Mann. In dieser Nacht.

«Mein Schmuckstück! Mein weißer Tiger!»

«Unsere Einfalt von der Fronalp hat dem Dompteur jedes Wort geglaubt, Toni?»

«Jedes!»

Bei Coiffeur Betschart kräuselte sich abgeschnittenes Haar wie grauer Schaum um den Stuhl. Er schnitt mir Haare aus den Ohren und der Nase. Und während der ganzen Prozedur redete er von Rosie.

Die Alpenrose muss verputzt werden, habe der Bändiger von Gewinn versprechenden Mädchen sich gesagt. Und grapscht sich die Geißenhüterin von der Fronalp. Später wird er sie fortwerfen. Sie will es so. Gewisse Frauen sind so.

«Es war wie eine Taufe», hat mir Rosie bestätigt.

«Mister Lent wollte mich schleifen. Mich, das nichtsnutze Rösli! Da greifst du doch mit beiden Händen zu, Armenvogt. Da gibt es kein Wenn und kein Aber. Weder ein Links noch ein Rechts.»

Der Impresario ist kein Namenloser. Unter den Schausteller-Promotern ist er einer der berühmtesten. Der Impresario von Julia Pastrana. Sein Freak steht im Zenit. Er bezeichnet sich als Künstler der Dressur. Ihm gelingt das Zähmen aller Wildlinge. Und manchmal vergleicht er sich mit einem erfinderischen Mechaniker, der in einer hellen Sekunde den Zusammenhang von einem komplizierten Räderwerk erfasst, das er zum Funktionieren bringen kann. Nur dass er nicht an einem Motor herumschräubelt, sondern an einem lebendigen Wesen. Er bringt es dazu, seine Befehle zu vollführen.

Sie tut, was er verlangt.

Da taucht dieses Mädchen mit samtener, haarloser Haut im Schaustellerleben des Impresarios und seiner Affenfrau auf. Lässt die Sprenkel in den Moosaugen zu Sonnen aufleuchten. Und schon bringt der Impresario die Wäschespitzen der Kleinen durcheinander.

In ihrer Kammer trommelt sich seine Attraktion mit den Fäusten auf ihre Ohrmuscheln, um das Gezwitscher der Zwölfjährigen in Lents Zimmer nicht hören zu müssen. Den Taumel der Belle. Ihren Sturz in den Himmel, im freien Fall.

Was empfindet Julia Pastrana?

Die Lippen ihrer Gefährtin fühlen, was Julias Lippen niemals fühlen. Deren Öhrchen vernehmen Worte, die nie in Julias Tellerohren geflüstert werden. Deren leuchtende Augen sehen, was Julias stumpfe Augen nie zu sehen bekommen. Unter der Berührung von Lents Händen erschauert der Körper der Kleinen. Zu Julia sind diese Hände grob.

Lent sinkt niemals hin, um seinen Kopf auf Julias wattigen Bauch zu legen und das Fließ von ihrem Schamdreieck zu berühren. Nie umschlingt er Julia mit seinen Schenkeln, um einige Augenblicke lang zu verweilen. Solches steht ihr nicht zu. Es ist nicht zu ändern. Für eine wie sie gibt es keine Zärtlichkeit. Eine wie sie muss sich von Forschern, Ärzten, Studenten verwunden lassen. Und ihr Impresario, für den sie jede einzelne dieser entsetzlichen Untersuchungen erduldet, schenkt seine Begierde einer anderen. Er plant den Höhepunkt für eine andere.

Die Affenfrau ist gottverlassen.

Als unsere Rosie mit Buffing Billy durch England rast, gibt es noch keine exakte Vorstellung von der Welt. Erst sechzig Prozent sind entdeckt. Die Galerie für vergleichende Anatomie in Paris enthält Aberhunderte von Tierskeletten, eingeteilt nach Ordnung, Familie, Gattung. Die größten Naturforscher Frankreichs versuchen, die Natur zu ordnen, jeder Art einen Platz zuzuweisen und der Schöpfung einen Sinn zu geben. Sie begreifen allmählich den Zusammenhang des großen Ganzen.

Der Fortschritt ist überall sichtbar. Er begegnet den Leuten auf Schritt und Tritt.

Neue Ideen finden begeisterte Aufnahme. Das Sammeln von Berichten und wunderlichen Naturerzeugnissen wird zur Leidenschaft. Der Leser schlägt die Morgenzeitung auf, und die Erfindung der Dampfmaschine knallt ihm entgegen. Oder eine noch unvorstellbarere Neuheit.

Heute bricht David Livingstone zum Sambesi auf.

Morgen webt die Spinnmaschine Jenny so viel Stoff, wie es heute in derselben Zeit zweihundert Spinner zu weben vermögen.

Übermorgen entdeckt Speke den Tanganyka- und den Victoriasee. Bald wird er sein berühmtes Telegramm abschicken: «The Nile is settled!»

Der Leser erwartet jeden Tag, dass eine Verrücktheit geschieht.

In Morschach haben die Uhren langsamer getickt. Aber die Zeit ist auch hier nicht stehengeblieben. Die Fremden sind über diese Alpenterrasse promeniert mit riesigen Hüten und zierlichen silbernen Knäufen auf den Spazierstöcken. Sie haben ihn mit Schwung vor die Stiefeletten und die Gamaschenschuhe gesetzt, «What a wonderful view» gesagt, die Stockspitze in unsere Erde gebohrt, ihre Augen geschlossen und mit einem tiefen Atemzug erschauernd die Kräuterluft eingesogen. Es hat aber noch Jahrzehnte gedauert bis zur Einweihung der schmalspurigen Zahnradbahn. Sie kam schon fast zu spät. Bald brachte sie nur noch Kriegsversehrte, Tagesausflügler und Bittgänger vom See herauf. Die Hotels dienten als Lebensmittellager und bröckelten.

Rosies Rückkehr nach so vielen Jahrzehnten ist unverständlich.

Mit vierzig, ja, da hätte sie zwar keine Ausbildung als Coiffeuse erhalten, aber noch immer im Service des Grandhotels dienen können. Sie hätte sich wie eine anständige Weibsperson zu ernähren vermocht. Zur Not auch noch mit fünfzig. Da hätte sie in der Wäscherei des Hotels das Kohlenbügeleisen führen können. Aber dass sie in ihren alten Tagen noch das Geld für eine Rückfahrtkarte zusammengekratzt hat, und Gott weiß wie sie es zusammengekratzt hat, das ist Betschart unbegreiflich. Wahrscheinlich hat Rosie im Ausland unser Morschach als ein vorsintflutliches Dorf in Erinnerung behalten. Sie hat gedacht, die Bergler fallen in Ohnmacht beim Anblick ihrer Lilabeine. Die liegen ihr zu Füßen. Alle Admirer.

Sie glaubte die ganzen Jahre, dass auf unserer Alpenterrasse noch ihre Geißen weiden. Rosie hat zugegeben, dass der einzige Platz auf der Welt, zu dem es sie immer hingezogen hat, die Weide ihrer Geißen war. Wenn sie ein Geläut vernahm, zog sie die Schlangenpumps aus und täppelte barfuß über die Weide. Sie redete mit den Geißen. Die hörten zu. Ihr Geläut stand still.

Es geht alles seinen Lauf. Das Erblühen und Entblättern. Das Ankommen und Aufbrechen. Das Geschrei des englischen Mädchens und der Tanz von Julia Pastrana. Das Intermezzo wird kaum wahrgenommen. Der Dompteur gefällt. Die Affenfrau bringt das Publikum zum Schreien. Die Kasse ist voll.

Während Lent sich mit seinem Notizbuch beschäftigt, bereitet Julia der Gefährtin eine Bettenburg. Sie sinkt in die Kissen und wartet.

Auch Julia hat eine glückliche Zeit gekannt. Ihre Mutter gab ihr Kosenamen: Mein pelziger Schmetterling Julia.

Lebt sie noch? Denkt sie an Julia?

Warum sollte sie Lents Geschichten berichtigen, bestätigen oder ergänzen? Er baut Julia Pastrana auf. Sie ist sein Werk.

Mit Rösli kommt der Duft nach Zimt in die Kammer. Die Berührung mit Samt. Das Leuchten der Sterne.

Vor dem Fenster wimmert ein Baum. Regentropfen rieseln an die Scheibe. In der Bettenburg ist es behaglich. Röslis Gedanken sind bei Theodor Lent. Miss Julia legt sich einen gehäkelten Schmetterling auf den Handrücken und schiebt mit dem Finger die aufgefalteten Flügel an. «Du träumst von ihm, Rösli, das ist nicht gut für dich! Theodor Fairchild Lent wird mit dir tanzen! Du wirst lachen. Du wirst weinen. Das Leben. So ist es. Ein Tanz durchs Glückstor herein, einige Drehungen im Kreis, und dann durchs Elendstor hinaus.»

Rösli erschrickt. Julia Pastrana spricht. Sie, die immer nur Worte ihres Impresarios wiederholt, wie ein Papagei nur eingehämmerte Sätze wiedergibt. Sie fasst eigene Gedanken in Sätze. Worte haben sich angestaut, vielleicht seit langer Zeit. Lents Peitschenschlag, der Rösli den Glücksbringer vom Handgelenkt riss, hat den Stau nun gelöst.

Rösli ist sprachlos. Seine Hände fliegen über die Decke wie aufgestörte Vögel. Warum weiß Julia, wie es in einem zwölfjährigen Hütemädchen von der Fronalp aussieht? In einer Belle? Dass eine Orgel mit allen Pfeifen in ihr zu musizieren beginnt, wenn Mister Lent sie zu sich befiehlt? Dass Röslis Brust sich weitet, weil ein Singvogel darin wohnt? Dass sie zusammenfällt, weil der Singvogel fortgeflogen ist? Dass es sich dann ganz verrückt macht vor Kummer?

Wie kann ein Wesen wie Julia solches wissen? Welche Erfahrungen hat Julia denn? Sie erfährt das Leben einer Affenfrau. Ihr Anblick bringt die Leute zum Lachen. Zweimal am Tag wiehert das Publikum über ihre Hässlichkeit. Sie ist zum Hohn mit Putz und Federn als ein paradiesisches Geschöpf ausstaffiert. Zweimal am Tag setzt sie mit ihren Fähigkeiten das Publikum in Erstaunen, denn dieses hält Julia für ein Vieh. Zweimal am Tag lässt Julia Pastrana die Schau über sich ergehen, ohne mit der Wimper zu zucken, ohne in die Knie zu gehen.

Ein anderes Dasein gibt es für Julia Pastrana nicht.

Sie haucht über den Schmetterlingsflügel. Sie sagt, sie möge Schmetterlinge. Zuerst führen sie das Leben einer Raupe. Dann brechen sie aus dem Panzer, pumpen mit Licht und Luft die knittrigen Flügel auf. Das dauert eine Weile. Danach schwirren sie zu den Blumen. Einmal habe Julia dieser mühsamen Befreiung nachhelfen wollen und den verklebten Flügelrest aus dem Panzer befreit. Dieser Schmetterling konnte seine zerknitterten Schwingen nicht aufpumpen wie die anderen. Er hat sich niemals in die Luft erhoben.

Julia legt die Kuppen von Daumen und Zeigefinger aufeinander, um in der Luft die Erklärung mit Wellenlinien zu ergänzen.

«Die Natur braucht Zeit, Rösli.»

Die Kleine ist verlegen. Sie berührt den Schmetterling auf Julias Hand. Der Regen trommelt ans Glas. Röslis Finger zeichnen die Flügel nach, gleiten von der Häkelei auf den Handrücken und streicheln das dichte Haar. Julia hält den Atem an, als könnte der leiseste Hauch den Schmetterling in tausend Stücke zerbrechen lassen.

8

Rösli schleppt die Auftrittsroben von Lents sensationeller Affenfrau durch ganz England. An jedem neuen Ort faltet sie sie im Hotel auseinander, hängt sie an die Luft, und nach dem Auftritt faltet sie sie wieder zusammen. Sie hat sich in alle Röcke hineingezwängt, keiner passt. Rösli ist zu groß. Ihr Traum wäre ein eierschalenfarbenes Kleid mit Biesen und ein dazu passender ausladender Hut. Immer wieder nimmt sie sich vor, Theodor Lent um ein Kleid zu bitten. Doch sie getraut sich nicht. Selbst in jenen Augenblicken, da sie sich an ihn schmiegt, ohne einen Faden am Leib.

Er denkt nicht daran, die blutjunge Geliebte auszustaffieren. Wozu? Es wären unnütze Kosten. Mister Lent gibt sich gern als Junggeselle aus. Er mag es, wenn die Damen meinen, der umschwärmte Dompteur sei noch zu haben.

Rösli begnügt sich mit dem abgelegten Umhang seiner Attraktion.

Es interessiert den vielbeschäftigten Gentleman nicht mehr, wie seine Truppe sich untereinander abspricht oder austauscht. Wenn sie nur auf Pfiff funktioniert. Er blättert in seinem Notizbuch, wo er steht und geht. Addiert, subtrahiert und trägt Vermerke ein. Er muss seinen Erfolg in einer Zahl ausgedrückt sehen. Sich diese Zahl zu Gemüt führen. Ruhm ist vergänglich. Heute ist er im Schaugeschäft ganz oben. Doch morgen? Eine Ziffer ist eine Schranke. Er legt seine Gewinne an in englischen Eisenbahnen, in Dampfmaschinen zur Kohleförderung, die im Untertagbau nun Ponys und Kinder ersetzen.

Weiß Rösli, was eine Aktie ist?

«Ein Stück Papier.»

«Du Dummchen! Julia ist eine Aktie. Du bist eine Aktie. Wertlos zurzeit. Aber in meinem Besitz.» Er klopft auf sein Notizbuch in der Brusttasche. «Ihr seid mein Portefeuille im Safe.»

Die Buchhaltung in der Westentasche ist der Richtplan im Leben der Schautruppe. Sie bestimmt jede Ortsveränderung. Sie weist ihnen das Hotel an ruhiger, versteckter Lage zu, zeigt ihnen die Reiseroute, den Veranstaltungsort, den Ablauf der Nummern und sogar deren Ausstattung. Sie enthält den Zeitplan auf die Minute genau, räumt jeder Tätigkeit eine angemessene Dauer ein. Der Aufbau der Nummern nimmt viele Stunden in Anspruch. Jedes Kunststück muss sitzen.

Julias Sprachübungen überwacht der Impresario persönlich. Immer, wenn er auf Julia zutritt, zieht sie die Lippen breit. Sie quält sich ihr neues Lächeln nicht nur privat, sondern vor allem auch in der Manege aufs Gesicht. Hält es durch, als befolge sie einen Notentakt, der lang auszuhalten ist. Das Publikum brüllt vor Vergnügen über diesen tanzenden, stickenden, sprechenden und pausenlos lachenden Affen.

Das Sprechen bereitet Julia wegen der abnormen Zahnstellung und der schweren Zunge viel Mühe. Sie darf nicht lispeln. Da ist Lent unerbittlich. Seine Dressur besteht in Gertenschlägen, Zischen, Fingerschnippen, Aufstampfen und Schreien. Als Belohnung für gelungene Kunststücke gibt es Futterbrocken. Aber nur während der Schau. Sie gehören zur Vorführung. Das Publikum erwartet einen Affen, der seinem Dompteur aus den Fingern frisst.

Den Tanzunterricht erteilt eine Hauslehrerin. Es stehen landeseigene Volkstänze auf dem Programm. Der Walzer wird aufgefrischt. Dieser Tanz aus Wien ist Julia aus der Bostoner Zeit bekannt. Schiffsmusiker brachten den Wiener Walzer nach Amerika. Er ist auch in England Modetanz Nummer eins.

Julia lernt alle Schritte mühelos.

Während andere Hotelgäste mit ihrem Sonnenschirm

zum Stadtpark rauschen, klopft die Tanzlehrerin hinter geschlossenen Fenstern den Takt, dem Julias Füße zu folgen haben. Und Lent trichtert ihr Standardantworten auf Standardfragen ein. Wenn die Hotelgäste von ihrem Ausflug zurückkehren, tränkt der Impresario ein Taschentuch im Wasserbecken, um es seiner Schülerin auf den haarigen Nacken zu legen. Und fährt mit dem Feilen an ihrer Aussprache fort.

Julia schaut während der Sprechübung aus dem Fenster. Sie folgt mit den Augen einer Promenierenden. Der Schlag der Peitsche neben ihrem Ohr lässt sie zusammenzucken.

«Eine wie du rauscht niemals durch einen Stadtpark.»

Theodor Fairchild Lent ruft mitten in der Nacht den weißen Tiger. Und lässt ihn tanzen.

«Du wirst die Neuerfindung der Montez sein.»

Die Gertenspitze setzt sich auf Röslis Bluse, nestelt an der Schnur. Entblößt die eine, dann die andere knospende Jungmädchenbrust. Rösli werde auftreten. Ihr Kleid wird ein Traum aus Seidensatin sein. Der glatte fließende Stoff wird beim Tanzen ihre Figur umspielen. Noble und reiche Herren schmücken Röslis Nacktheit mit Geschmeiden, ruinieren und duellieren sich.

«Du hast nichts zu tun als das, was du am besten kannst: die Gottesgaben nutzen. Den Augenaufschlag. Das Tänzeln mit wiegenden Hüften. Mit Unschuldsblick die Brüste entblößen und dazu stöhnen.»

«Nein! Mister Lent! Ich kann mich nicht ausziehen für fremde Herren.»

Es habe Rosie Überwindung gekostet, dieses erste Nein in ihrem Leben.

Er lacht auf, der schöne Mann.

Er stellt einen Stiefel auf Rosies Nacken und köpft in Ruhe eine Zigarre. «Ich betrachte dich doch auch, meine Rosenknospe.»

Das sei etwas anderes. Seine Augen auf ihr. Wie Streichelei.

Der Dompteur bekommt, was er will. Immer. Das bringt sein Beruf mit sich. Er konnte in Boston seine Hand zwischen die Zähne des weißen Tigers legen. Um in den Besitz der Affenfrau zu kommen, gab er seine Habe. Für ein Spitzenjabot am Hemd klappert er unzählige Läden ab und dringt bis zu den Webstühlen vor, um einen ausgewählten Stoff eigenhändig von der Jenni-Maschine abzuwickeln.

Er erklärt der Kleinen die Burlesque. Sie ist eine Kunst des Wohlgefallens. Sowohl frivol als auch komisch. Die Tanzende setzt, bei aller Komik, ihr verführerisches Geschick ein. Jede Bewegung soll eine Augenweide sein. Die Tanzende führt die Augen des Publikums auf dem kurvigen Gelände ihrer Haut spazieren. Wohin sie mag.

«Wir sind Schausteller, Rösli. Effekt ist unser Leben. Das Publikum hat zwei Seelen in der Brust. Die eine Seele ist für die Tugend. Die andere für das Laster. Unsere Schau ist ein Spiegel, in dem der Betrachter verborgene Leidenschaften erkennt. Auf die Doppelmoral der Zuschauer ist Verlass. Je strenger die Sitten, desto reicher der Lustgewinn.»

Fairchild Lent ruft den Tiger jede Nacht. Dressiert jeden Muskel, jede Bewegung. Stunde um Stunde. Er baut die neue Montez auf. Von ganz unten. Fängt beim Entblättern der erblühenden Rose an.

«Man muss die gottgegebene Schönheit zur Geltung bringen. Jeder Ausdruck ist ein Versprechen. Jedes Versprechen steht in perfekter Harmonie mit dem Körper.»

Rösli übt den grazilen Gang, den verheißungsvollen Blick, das erregende Geräkel, das sündige Ausziehen. Der Impresario korrigiert, ermuntert, tadelt und lobt. Sie sind unermüdlich, die zwei. Und wenn die Kleine aus Erschöpfung weint, wischt er ihr die Tränen mit seinem großen Männertaschentuch von den Wangen.

«Zu gegebener Stunde landen wir einen Coup!»

Nach den Übungen ist Rösli zu erschöpft, um Nachtbesuche in der Bettenburg der Gefährtin zu machen. Julia kratzt nicht an der Wand. Sie stickt auch nicht. Sie findet nicht die Ruhe, um eine Nadel einzufädeln. Die Sammlung der Schmetterlinge hat sie in ihre Keksdose geschlossen. Sie rührt kaum ihr Essen an. Hockt in einer Ecke, das Gesicht zur Wand, eingehüllt in Trauer. Sie wippt vor und zurück und vor.

Die Schau absolviert Julia wie eine aufgezogene Puppe. Aus dem Käfig klettern, tanzen, sticken, lächeln, Futter aus Lents Finger schnappen. Und allez hopp! hinein in den Käfig. Sie nimmt die Verrichtungen ihrer Dienerin kaum wahr. Schaut nur vor sich hin mit ihren stumpfen, matten Augenknöpfen.

«Das Wesen benimmt sich merkwürdig, Mister Lent.»

«Das hat nichts zu sagen. Das Benehmen der Pastrana. Nicht das Geringste.»

«Julia Pastrana will nach Amerika zurück.»

«Wie denn? Mit einem Viehtransport? Dort hat sie niemanden. Hier hat sie pünktliche Fütterung, ein Bett und Publikum. Sie soll eine gute Schau machen, auf Französisch, Spanisch, Englisch. Auf deine Knie. Tiger!»

Die Ausbildung der Dienerin zur Burlesque-Tänzerin verwirrt die Pastrana.

Die Kunden im Coiffeursalon Betschart nickten, als sie das vernahmen. Hörten nicht auf, mit dem Kopf zu nicken, weil es alle anständigen Leute verwirrt, wenn eine Hiesige sich zur Schamlosigkeit dressieren lässt. Und dann die Stirn hat, nach einem langen Lotterleben den Rest der Tage im Armenhaus auf Gemeindekosten zu verbringen.

Solches verwirrt.

Zum ersten Mal findet eine Maßnahme von Lent nicht die volle Zustimmung seiner Julia. Gewöhnlich ist ihr jede seiner Entscheidungen ein Befehl. Sie hat nie den Schatten eines Zweifels an der Richtigkeit. Zeigt über die kluge Entscheidung ihres Impresarios Begeisterung. Dabei kann sie sich geradezu in eine Art Kleinmädchenglück hineinsteigern. Sie fasst mit der freien Hand nach ihrem Rocksaum, zieht den Kopf zwischen die Schultern und deutet einen Knicks an. Manchmal wuselt sie dazu mit den Fingern neben ihrem abstehenden Ohr.

Aber jetzt, dieses Getanze von Rösli. Das gefällt ihr nicht.

Julia nimmt der Dienerin das dampfende Fußbecken aus den Händen, um es persönlich in Mister Lents Zimmer zu tragen. Sie will die Füße ihres Impresarios selber waschen.

Im Seidenmantel, hinter seiner aufgefalteten Zeitung, merkt er nicht, welches seiner Vorführobjekte sich vor ihn niederkniet und mit dem Schwamm hantiert. Er hebt nur die Füße, um sie ins Becken zu stellen. Eine ganze Weile ist das Rieseln von Tropfen zu hören. Dann ein Geflüster. Julia redet in den Schwamm hinein.

Die Kleine vor der Tür versteht nur Worte … Lola Montez … das Bergzicklein zu jung … Fahrkarte nach Amerika … Röslis Leute warten …

Dann Stille. Ein Schlag. Gautschendes Wasser.

Wie Rösli die Tür öffnet, schaut Mister Lent dem Rauch seiner Zigarre nach. Julia sitzt auf den Fersen, ist mit einem Wasserschwall übergossen und streicht sich Tropfen aus dem Bart.

Später wartet sie in ihrer Kammer. Während Rösli das Kleid des letzten Auftritts ordnet und alles für die Nacht vorbereitet, hebt Julia nie den Kopf. Still sitzt sie auf dem Bettrand, ein Wesen mit gesenkelten Träumen, das seine verschlungenen Hände anschaut, die nichts richten, nichts fügen und nichts lösen können.

Lents vielgerühmte, von Stadt zu Stadt tingelnde, most exciting, most extraordinary Sideshow nähert sich dem Ballungsraum von London. Das ist die größte Stadt Europas, die Residenz von Königin Victoria und ihrem House of Lords, ein Zentrum der erblühenden Industrie und der Banken. An diesem Punkt treffen die Geldkanäle zusammen.

Die Ägyptische Halle am Piccadilly zeigt die interessantesten Raritäten. Eine Schau hat nur Erfolg, wenn sie dort gezeigt werden kann. Falls London seiner Julia Pastrana huldigt, ist es für den Impresario ein Leichtes, mit seiner Attraktion auch auf dem Kontinent Fuß zu fassen.

Julia Pastrana wird in London zum ersten Mal englische Volkstänze vorführen. Der Auftritt von Rosie la Belle als Burlesque wird auf dem Festland stattfinden. Hier gibt sie noch das englische Mädchen. Inzwischen versteht es die Nachwuchskünstlerin, den Augenblick zu dehnen, da alle Blicke auf sie gerichtet sind.

Sie weiß, dass sie sich dem Traum nähert. Sie ist sich ihrer selbst bewusst, wenn sie über eine Straße geht. Ihre Haltung hat sie verändert. Ihr Kopf hängt an einem im Himmel verankerten Faden, die Schultern sind so zurückgebogen, dass ihre Brust sich hebt. Sie geht mit kleinen, gesetzten Schritten. Die Absätze hämmern kurze, helle Takte. Besäße sie das erträumte Kleid mit Biesen und ausgestelltem Rock, würde sie den Fußgängern auffallen.

Bald landet Mister Lent mit ihr seinen Coup. Sie wird eine Spitze sein.

Die Burlesque benötigt für ihren Auftritt ein Kleid.

Der Impresario meint, er sehe seine Rose in einer verwegenen, atemberaubenden Robe. Schon allein dieses Kleid mache den halben Erfolg. Den Rest macht dann die bezaubernde Rose.

Für den Schnitt lässt er sich von den Auftritten der Pariser Gesellschaft inspirieren. Paris ist die Modestadt Nummer eins. Den glänzenden Seidensatin aus den englischen Kolonien kauft er in London ein. Er wirft den Stoffpacken in Julias Kammer, mit dem Befehl, dieses Kleid auf der Skizze herzustellen.

Miss Julia, die eben noch in der Ecke vor und zurück gewippt hat, springt auf ihre Füße. Zu Röslis Verwunderung kommt plötzlich wieder Leben in das bärtige Wesen. Es greift in den Seidensatin. Wirft ihn auf und lässt ihn über sich niederfließen.

Ihr Blick: unergründlich. Ein Siegel.

Julia ist eine Künstlerin der Nadel. Sie kann ihren Kummer über die Ausbildung von Rösli zur Burlesque beim Nähen vergessen. Sie atmet den Geruch der Seide, klatscht das

Tuch einige Male auseinander, reibt es, knüllt und strafft es. Dann kramt sie in ihrem Beutel voll Fadenspulen, Knöpfen, Stecknadeln und Posamenterien. Julia muss auf einen Stuhl steigen, damit sie das Kleid anmessen kann. Sie hat Stecknadeln zwischen den Lippen, und die Seide hängt ihr über den Arm. Unter Verrenkungen vermisst sie Umfang und Länge mit einem sich ringelnden, tanzenden Messband. Beim Vorneigen kitzelt der Bart das Rösli.

Julia erschrickt.

Alles steht still. Die Verrenkungen, das Geringel des Messbands, das Fließen der Seide. Sie streicht den Bart zur Seite und steigt vom Stuhl. Niedergedrückt von einem unsichtbaren Gewicht.

«Das hat mich gerührt, Armenvogt! Julias Angst, sie könnte mich mit ihrem Bart belästigen. Näht mir ein Kleid. Und ihre ganze Sorge dabei ist, dass sie mich mit ihrem Gebrechen belästigen könnte.»

Rösli muss wegschauen, um nicht zu weinen. Sie muss Julia umarmen. Diese hält ein paar Atemzüge lang still. Danach löst sie sich und senkt mit einem Klicken die Spitze ihrer großen Schneiderschere in den Stoff. «Und ich wusste, etwas Neues fängt an. Mein Leben als Spitze.»

Schmetterlinge zieren wieder Julias Kammer. Rösli schlüpft nachts in die Bettenburg. Nachts haben sie Zeit zum Traurigsein.

Was sind wir für Mister Lent?

Julia sein Hund. Rösli sein Tiger.

Wer ist Lola Montez?

Sie war die Verwegenste, Selbstherrlichste und Aufsässigste aller Porträtierten in der Schönheitengalerie von Schloss Nymphenburg. In London hat sie sich Maria de los

Dolores Porry y Montez aus Sevilla genannt. Sie wurde als Hochstaplerin entlarvt. Sie tanzte vor Friedrich Wilhelm IV. von Preußen und Zar Nikolaus I. Hatte zahlreiche Affären und Skandale. Liebhaber starben im Duell. Unruhen brachen aus. König Ludwig I. von Bayern schenkte seiner Geliebten ein Palais in München. Daneben empfing sie Herren für zwei Kronentaler. Sie zog zigarrenrauchend und mit Hosen bekleidet durch die Stadt. Die Minister des Kabinetts traten zurück. Der Monarch dankte ab. Ihr gelang die Flucht.

Die Montez ist das Geheimnis von Theodor Fairchild Lent. Die unerfüllte Sehnsucht seines Lebens. Seine Donna assoluta. Er wäre gern ihr Liebhaber und Impresario gewesen. Doch jetzt ist die Dame passé. Sie tourt durch Goldgräberstädte und verfasst Schönheitsratgeber. Das ist das Ende ihrer Karriere.

Die Montez ist nicht das einzige Geheimnis von Mister Lent.

«Nein?», fragt Rösli.

«Nein!», antwortet Julia.

Sie reden, die zwei. Sie schweigen. Sie schicken ihre Gedanken ins Spitzenmuster des Vorhangs.

Die Schauen verlaufen wie geplant. Abgesehen von wenigen kleinen Pannen, die ja nie vorhersehbar sind. Einmal zerfetzt ein Sturm die Planen, der Auftritt fällt aus. Ein anderes Mal verzögert sich die Schau wegen eines schlechtgeölten Käfigscharniers. Als Julia beim Peitschenknall mit einem Satz aus dem Käfig springen will, Lent vor die Stiefel, da lässt die Tür sich nicht entriegeln. Sie rüttelt und ruckt am verklemmten Scharnier. Das Publikum beginnt zu hüsteln.

Julia kauert sich hin, verschränkt die Arme über dem Kopf und schaut düster. Auch Lent bringt die Gittertür nicht auf, es muss ein Mechaniker gerufen werden.

Während der Fachmann am Schloss feilt, schreitet Lent durch seine Arena und improvisiert. «Die Schöpfung ist ein Rätsel», sagt er, wirft den Kopf in den Nacken und lächelt wie der Bezwinger dieser Schöpfung. «Es ist der Ehrgeiz der Wissenschaftler, die Rätsel eins ums andere zu erklären», sagt er und wippt auf den Absätzen. Sein Ehrgeiz hingegen ist es, dem Publikum die unbegreifliche Welt vor Augen zu führen.

Es sei der Ehrgeiz der Wissenschaftler, in die Ordnung der Dinge einzugreifen. Er hingegen will diese Ordnung nutzen, sie anwenden, mit ihr arbeiten. Eines Menschen Werk vollführen. Er schaut lächelnd in die Runde. Sein Blick fällt auf eine Dame, die ihn anstaunt, das Kinn auf den verschlungenen Händen.

Er meint, die verehrten Herrschaften seien Zeugen, dass schon ein Käfig seine Tücken habe. Wie sollte da die Dressur eines wilden Wesens wie Julia einfach sein? «Sie kuschen nicht einfach so. Sie sind tückisch und unbegreiflich. Jeder noch so kleine Erfolg ist in Wahrheit eine große Dressurleistung.»

Um seinen Worten Gewicht zu geben, fuchtelt der Impresario mit dem Drohfinger in Julias Richtung. Als der Käfig sich endlich öffnen lässt, befiehlt er Julia, in geduckter Haltung unter seiner kreiselnden Peitsche bis zur Mitte der Manege zu gehen. Lächelnd kostet er den Schrecken des Publikums über die plötzliche Freiheit dieses unberechenbaren Wesens aus.

«Who is to decide, when doctors disagree?»

Mit ihrem Englisch hat Rosie sich im Armenhaus manchmal wichtig gemacht. «Who is to decide!», schrie sie in den Coiffeursalon herein, wo die Kunden auf ihre Rasur warteten.

Dieser Satz stammt aus der Feder von Promoter Barnum. Er ist in England als Erster mit einer Bartfrau aufgetreten. Noch bevor die Welt den Namen Julia Pastrana gekannt hat, galt Barnum in England bereits als das große Genie im Schaugeschäft. Mit dem Auftritt seiner Bartfrau Clofullia erzielte er riesigen Erfolg. Er hatte nicht nur Glück, er hatte Verstand. Er machte seine Schau zum Spektakel. Madame Clofullia wurde als gigantischer Schwindel hingestellt. Er ließ ausstreuen, sie sei in Wahrheit ein Mann in Frauenkleidern. Barnums vage Richtigstellung gab dem Gerücht neue Nahrung. Er verwickelte sich scheinbar in Widersprüche. Niemand glaubte ihm ein Wort. Er wurde des Schwindels angeklagt. Dies zog einen Sensationsprozess nach sich, den er in der Öffentlichkeit führte, er wusste, dass Madame Clofullia ihr weibliches Geschlecht beweisen konnte.

Barnum zettelte daraufhin ein neues Spektakel an, bei dem er den Spieß umdrehte. Einige Fischer hatten den Oberkörper eines Affen an einen Fischschwanz genäht, und Barnum kannte den Schwindel. Er machte eine Ausstellung mit der Feejee-Meerjungfrau. Dabei nutzte er die kontroversen Meinungen zum Anlocken der breiten Masse. Er ließ verlauten, es sei bestimmt die verrückteste Merkwürdigkeit, die jemals einem Publikum zur Inspektion vorgelegt wurde und lud das Publikum zur Besichtigung ein. «Wenn die Meerjungfrau künstlich ist, dann bleiben Sehen und Berühren ohne Folge. Wenn sie aber so in der Natur vorkommt, dann ist das Exponat zweifelsohne die größte Merkwürdigkeit der Welt.»

Showman Theodor Fairchild Lent will nicht hinter der Werbestrategie seines erfolgreichen Kollegen zurückstehen. Er entwirft einen Plan, mit dem er Barnum übertrumpfen kann.

Als Erstes gibt er Freikarten in Druck. Dann mischt er sich vor einem Aushang unters Publikum. Er sucht Zweifler, Proleten, Stänkerer und Wichtigtuer. Zückt seine Freikarten. Äußert Verdächtigungen, bestärkt die Zweifler in ihrer Meinung, dass solche Schauen unlauter sind. Lug und Betrug. Reine Geldmacherei. Er spricht immer lauter, denn er ist es gewohnt, zu Publikum zu sprechen. Ein Zuhörer nimmt die Karte an, ja, er werde zu der grässlichen Veranstaltung gehen. Er werde von der Zuschauertribüne seine Meinung auf diesen Dompteur niederdonnern. Kein Mensch darf sich diese Augenwischerei bieten lassen.

Lent hat die Angewohnheit, sich beim Reden von seinem Zuhörer abzuwenden und in die Luft zu reden. Zum imaginären Publikum. Zu seinem Standbild. Sein Zuhörer trippelt um ihn herum und stellt sich vor ihn hin, worauf Lent einige Seitwärtsschritte macht, um dort in die Luft zu reden. Der aufgewühlte Zuhörer packt schließlich Lents Hand, damit er ihm nicht mehr entwische. Lent reißt sich los, von Panik erfasst, wie immer, wenn Menschen ihm nahe kommen.

Der zweite Teil der Vorbereitung besteht darin, Freikarten an Personen zu verschicken, die sich über Proleten aufregen. Gelehrte, Frauenrechtlerinnen, Studenten, denen es ein Bedürfnis ist, die Proleten mit profunden Kenntnissen zum Schweigen zu bringen. Sie können die Zeugnisse amerikanischer wie europäischer Autoritäten in die Waagschale werfen. Die Glaubwürdigkeit der Forschung. Die Ebenbürtigkeit der Geschlechter. Den Fortschritt. Die Moderne.

Lent weiß, dass Besserwisserei die Proleten noch mehr erbittert. Die einen schreien die anderen nieder. Bald steigt der Pöbel über die Bänke, um sich auf die Bartfrau zu werfen. Lent ist auf alles vorbereitet. Ordnungshüter sind bestellt. Sie werden die Aufgeregten hinausbugsieren.

Lent vermutet, dass der Tumult Konsequenzen nach sich ziehen wird. Den Prozess würde er unter Präsenz der Medien führen. Und mit Paukenschlag gewinnen. Denn Julia Pastrana ist kein Schwindel. Sie ist, was sie ist. Eine Nondescript. Eine bis dahin unentdeckte Spezies. Nicht einzuordnen. In keiner Enzyklopädie katalogisiert.

Für die Aufführung in London wählt Mister Lent eine exotische Ausstattung. Die Londoner mögen ihre Kolonien. Sie liebäugeln mit Abenteuern und wollen fremde Länder bereisen. Aus diesem Grund kündigen Lents Plakate die Attraktion als Fund aus dem Urwald des Amazonas an.

Julia soll wie ein exotischer Vogel auftreten.

Die Dienerin zieht ihr das üppige Rüschenkleid an. Klatschmohn und Nelken sind über die Stufen gestreut wie eine Partitur Noten. Das Schnürmieder schmückt ein Sommerstrauß. Ins Haar gehört ein gewaltiger farbenfroher Federbusch.

Rosie gäbe alle Preziosen der Welt hin, um fünf Minuten von diesem Abend zu vergessen. Die Scham über jene fünf Minuten brenne Rosie bis heute. Sie sehe immer wieder diese Szene vor sich.

Sie ist für ihre kleine Rolle als englisches Mädchen herausgeputzt. Mister Lent legt ihr die Federn für den Kopfputz seiner Attraktion in die Hände. Lange, spitze Kiele in Rot und Grün und Gelb. Es ist schwierig, sie so im Haar zu befestigen, dass sie nicht knicken oder verrutschen beim Tanzen. Sie hebt die Federn zum Scheitel von Miss Julia, um das Gesteck in ihre Zöpfe zu nadeln. Mit beiden Händen nestelt sie in den Zöpfen von Miss Julia. In diesem Moment packt sie Mister Lent, rafft ihren Rock hoch, nestelt seine Hose auf und nimmt sie von hinten.

Nimmt seine Belle! Als köpfe er eine Zigarre.

Julia Pastrana reißt mit einem Aufschrei den Federschmuck aus ihrem Haar, schleudert ihn zu Boden und hüpft darauf herum. Dann sinkt sie neben dem zerfledderten Federbusch in die Knie. Schwer atmend, weinend, die Hände vor dem Gesicht, den zitternden Rücken gegen Lent und die Dienerin gekehrt.

«Irre!», sagt er. «Schnauf nicht so! Tränk nicht den Boden mit Tränen! Bekreuzige dich nicht andauernd!»

Mit Ruhe sagt er das. Beim Zustoßen. Scharf und unerbittlich sagt er es, als ob er ein Häufchen Asche mit dem Fuß austrete. Er lockert nicht einmal den Griff um seine Belle. Schnaubend reitet er seinen Tiger.

Die Schau von London kann beginnen.

Das Auditorium ist bis auf den letzten Platz besetzt. Nicht nur Neugierige strömen zur Aufführung. Auch Zweifler wollen die Vorführung einer Zwergin im Pelz eines Affen anschauen, ehe sie ihr einen Prozess wegen Täuschung anhängen. Wissenschaftler mischen sich ins Publikum. Darunter ein gewisser Charles Darwin, der sich auf dem Gebiet der Galapagosschildkröten und mit der Skizze eines evolutionären Abstammungsbaums unter der Überschrift *I think* einen Namen gemacht hat. Und Frauenrechtlerinnen, Studenten und Politiker nehmen Platz. Sie kommen mit der Absicht, sich mit gezielten Fragen zu melden.

Rosie bringt ihre Nummer des englischen Mädchens. Erst gibt sie das sorglose Fräulein vom Land. Dann das verängstigte Lämmchen. Dann die schöne Hysterikerin. Es gelingt ihr inzwischen, die Aufmerksamkeit des Publikums lange zu fesseln, bevor sie schreiend aus der Tür stürzt.

Als die Hässliche aus dem Käfig steigt, ist die Schöne vergessen.

Lent wirft seine Arme hoch und rennt mit Trippelschritten durch die Manege wie über ein erobertes Territorium. «Ugly Julia! Here she comes.»

Das Objekt wackelt in den hellen Kreis des Gaslichts. Der Federaufbau im Haar zittert bei jedem Schritt und wippt eine Weile nach. Auch der Teller des kniekurzen Rocks schwankt, und die Rüschen verwehen ihre Notenpartitur. Julia stellt sich mit leicht gegrätschten Stiefeletten ins Licht und streift den Bart zur Seite, so dass ihr glitzerndes Geschmeide über dem kurvigen Brustpanzer aus Fischbein zu sehen ist. Angeschnittene Ärmel entblößen dichtbehaarte Arme, die sie seitwärts übers Rüschenkleid spreizt.

Eine kleine, geschmückte, bärtige Tänzerin von unbeschreiblicher Hässlichkeit.

Julia ist den Blicken ihres Auditoriums ausgeliefert. Die Besucher bekreuzigen sich.

Sie verneigt sich vor ihrem Publikum mit Grazie. Als Erstes tanzt sie den Highland-Flyer. Danach tanzt sie einen Flamenco. Den Arm mit der Kastagnette über den zurückgeworfenen Kopf gehoben, stampft sie auf, und dann hämmern ihre Absätze den Takt auf den Bretterboden zum Wirbel der Rockrüschen. Die Stoffwellen fliegen um die haarigen Beinchen zum Geklapper der Kastagnette. «Olé!», ruft sie ins Auditorium.

«O honey! Ist sie nicht süß?» Ihr Impresario küsst die Fingerspitzen, hingerissen vom Fortschritt seines Wildlings und seiner gelungenen Domestizierung, begeistert von seiner Leistung als Dompteur. Er trabt mit erhobenen Armen durchs Rund der Manege und schickt viele Handküsse ins Publikum.

Nach diesem Lob nimmt Julia Pastrana ihren Stickrahmen zur Hand und macht eine Anzahl Stiche, während er, ihre Handwerkskunst preisend, herumstolziert. Er weist auch auf ihre Sprachfertigkeit und ihre vollendeten Formen hin. Julia legt seufzend den Stickrahmen auf den kleinen Tisch und antwortet auf Fragen des Publikums.

Woher kommt sie? Wie alt ist sie? Welche Musik mag sie? Gefällt ihr England? Wie viele Sprachen beherrscht sie? Wie kommt es, dass sie lesen und schreiben kann? Wer sind die Eltern? Hat sie Geschwister? Möchte sie heiraten? Möchte sie Kinder? Reist sie gern?

Sie legt die Hände ineinander und denkt kurz nach, ehe sie eine Antwort gibt. «Yes, Sir, nein, Madam, noch so gern, Miss, sehr, doch, zum Teil, merci beaucoup, jeune homme, very kind, gentleman, à bientôt, bye bye.»

Nun schlägt der Impresario vor, dass Julia für das Publikum ein Lied singt. Als Krönung des Abends. Sie ziert sich ein wenig, wiegt ihre Schultern und reibt die Spitze der Stiefelette im Sägemehl.

«Wir bitten Sie darum, Miss Julia!»

Sie streicht ihr Pinselhaar über die große Ohrmuschel und sammelt sich. Niemand atmet. Dann klappt sie die fahlen Lider auf, hebt ihre Hand zu den Sitzreihen und beginnt mit einem tiefen Atemzug zu singen.

Ihre weiche zarte Stimme schwebt zur Decke.

Das Publikum sitzt aufrecht und starr auf den Bänken. Auch die Zweifler, die Frauenrechtlerinnen, Forscher und Wichtigtuer. Sie sind gefangen. Fasziniert vom ersten bis zum letzten Ton. Dieses schillernde Geschöpf aus Übersee erzwingt sich ungeteilte Aufmerksamkeit.

My goodness! Ein Tier, das sticken, tanzen, lesen und schreiben kann, außer der Muttersprache fließend Englisch spricht, leidlich Französisch und einige Brocken Deutsch. Das die Gabe zum Singen hat. Die Gabe, uns im Innersten zu rühren. Ausgestattet mit einer elfenhaften Stimme.

Julia berührt den zerdrückten Federbusch auf ihrem Kopf. Als müsste sie etwas verscheuchen, das sich darin eingenistet hat. Diese Geste gehört nicht zur Rolle. Sie dauert einen Lidschlag lang, danach schweift ihr Arm ab und ihre flatternde Hand zeichnet einen Schmetterlingsflug zu einer fernen, glücklichen Zeit, in der sie Mutters pelziger Schmetterling gewesen ist.

Der traurige Gesang stürzt das Publikum in Stille.

Erschlagen kleben die Besucher in den Sitzen.

Diese Pastrana sang, als gälte es, Steine zu erweichen, steht in den Zeitungen.

Und sie lächelte. My goodness! Ein lächelndes Tier.

Oder kein Tier? Was aber sonst? Ist sie ein weiblicher Mann? Eine männliche Frau? Sowohl Mann als auch Frau?

Es heißt, sie habe in Boston mit Militärs gewalzert. Die

Offiziere waren verrückt nach ihr. Sie wirkt erotisierend. Anziehend und abstoßend zugleich. Wie ist das möglich? Mit einzigartigen Waffen streckt Julia Pastrana ihre Betrachter nieder. Sät eine Sehnsucht, die bislang unbekannt war. Sie weckt, was besser schlummern sollte.

Diese Julia ist eine Teufelin.

Sie inspiriert Poeten und Romanciers. Arthur Munby widmet ihr ein Gedicht mit dem Titel ‹Pastrana›. Perhaps she would get at me, after all! / If the links should break, I might well feel small …

Das hässlichste Wesen der Welt steigt auf zur Nummer eins aller gegenwärtig auf der Welt gezeigten Attraktionen. Die Pastrana ist ein geschliffener Diamant. Ein Publikumsmagnet.

Der abstoßende Liebling des Publikums.

Und dies ist erst England.

Der Anfang von Lents Triumphreise durch die Welt.

Doch Lent plant für die nächsten Jahre. Mit seiner Affennummer will er ganz Europa erobern. Bis ins Kleinste hat er alles durchdacht und fertig im Kopf. Schiffslinien, Wegstrecken, Eisenbahnabschnitte, Abfahrtszeiten, Etablissements, Adressen, Währungen. Nach der Englandtour will er aufs Festland übersetzen. Eine Nation um die andere möchte er begeistern. Bis nach Russland will er mit seiner Affenfrau. Auf seinem Spezialgebiet möchte er groß werden wie Bonaparte: ein Napoleon der Unterhaltung. Von China geht es hinüber nach Amerika. Auch dort soll man ihm zu Füßen liegen, von Norden bis Süden, vom Osten bis zum Westen.

Der Impresario wird die Erdkugel mit einer Sternenbahn

des Sieges überziehen. Die Welt soll erschauern, wenn der Name des großen Dompteurs Theodor Fairchild Lent genannt wird. Dieser Name wird in die Geschichte der Unterhaltung eingehen.

Jahrzehnte später muss sich die Coiffeur-Kundschaft in einem winzigen Ort beim Einseifen und Haareschnipseln die Stationen dieses Größenwahns aus der Optik einer Burlesque-Tänzerin anhören.

Julia Pastrana als Weltsensation!

9

«Sehnsucht gibt den Füßen Flügel.»

«Ohä», antworteten die Unseren und kratzten sich hinter dem Ohr. «Deine Verrückte, Toni, hat wieder Weisheiten zu den Mähenden hinaufgeschrien», berichtete mir Betschart. «Sie ist wieder stundenlang in Schlangenpumps die Silbergasse auf und ab gestelzt, hat die saubere Luft mit Zigarrenrauch verpestet und Memoiren zum Besten gegeben.»

Rosie la Belles Geplapper ist ein Bach. Die Bewohner beklagten sich in regelmäßigen Abständen über die Halbweltdame. «Breitbeinig stehen unsere Knechte in der Wiese, die Arme über die aufgestellte Sense gehängt, und stieren Rosie la Belle nach, die ihre Hüften vorüberschwenkt.»

Es fällt der Bevölkerung schwer genug, sich an die Faulenzer, Galgenvögel und Idioten zu gewöhnen, die ganze Tage auf der Bank vor dem Coiffeursalon an der Sonne hocken, zum Himmel starren, sich hin und wieder eine Fliege vertreiben und nichts tun als warten. Die Bauern müssen ihre Kartoffelfelder vergrößern, hacken, sich bücken, graben, Säcke abfüllen und zum Armenhaus buckeln. Denn dort wohnt zu allem Überfluss jetzt noch eine Künstlerin. Die zitiert den Armenvogt mit einem Schreibblock zu sich. Sie benötigt einen Sekretär. Die Künstlerin will ihre Memoiren nicht nur über ein paar dampfende Misthaufen schütten müssen.

Die zweite Kanalfahrt hat Rosie la Belle mit dem neuen Dampfer L'Alliance gemacht.

Dieses prachtvolle Linienschiff wurde für den Passagierbetrieb gebaut. Es hat gerade eben die Schiffstaufe hinter sich und wird für den Verkehr zwischen Southampton und Le Havre eingesetzt. Kein Vergleich zu dem Schiff, das den Treck aus der Innerschweiz beförderte. L'Alliance gilt als äußerst bequem und ist ausgestattet wie ein Nobelhotel mit lackiertem Holz, gepolsterten Bänken und Gaslampen. Bei Röslis Überfahrt herrscht Seegang. Nur wenige Passagiere halten sich im Restaurant auf. Die meisten sind seekrank. Bleich und struppig tasten sie sich aufs Deck hinaus, stemmen sich schräg gegen den Wind und wanken zur Reling, um sich zu übergeben. Viele hängen dort stundenlang über dem Geländer und starren mit glasigem Blick auf die Wellen. Die Schöße ihrer Mäntel umflattern sie wie zerfetzte Segel.

Auch Mister Lent ist übel. Er klammert sich während der Überfahrt ans Geländer. Rösli kann Julia nirgends entdecken. Sie hat sich nicht einmal beim Ablegen des Schiffs auf Deck gezeigt. Aber sie hasst Zugluft, das weiß Rösli. Miss Julia bleibt lieber im geschützten Innern. Ein Windstoß könnte ihr den Schleier vom Gesicht reißen. Darum hält sie sich auf Reisen immer im Hintergrund, aus Rücksicht auf die Fahrgäste. Nach Lents Meinung darf man Fremden die Begegnung mit einer frei herumspazierenden Abnormität nicht zumuten. Man soll anderen nicht die Freude an der Reise vergällen.

Die Pastrana will keine Störung sein.

Wie reist eine störende Person?

Im Frachtraum ist es vollkommen finster. Gepäck rutscht krachend und splitternd von einer Seite zur anderen und donnert wie ein Berg gegen die Bordwand. Hier herrscht der Weltuntergang. Unvorstellbar, dass in der Dunkelheit ein Wesen in eine Kiste gesperrt ist, während Stunden über eine schiefe Ebene schlittert und gegen die Wände knallt.

Rösli sucht die Gefährtin in allen Schiffsräumen. Ohne Erfolg.

Der Kapitän kann auf seiner Passagierliste den Namen Julia Pastrana nicht finden. Es ist fraglich, dass eine Abnormität wie sie einen Platz auf der Alliance erhalten hat. Es gibt Vorschriften für die Beförderung einer solchen Fracht. Der Kapitän findet aber den Namen eines Passagiers Lent. Der Gentleman reist mit Gattin.

«Wo ist sie?»

Der Kapitän weiß es nicht. Es kommt vor, dass Passagiere auf einer Überfahrt verschwinden. Mit hundert Fahrgästen läuft sein Schiff aus, mit neunundneunzig läuft es im nächsten Hafen ein. Kein Mensch hat etwas gesehen, gehört oder bemerkt. Er lächelt. «So lösen sich Eheprobleme. Das Meer ist verschwiegen.»

In Le Havre entdeckt die Dienerin ihre Miss Julia, im Lärm des Hafens, im Tanggeruch. Zusammengekrümmt und zitternd hockt sie zwischen Frachtgut auf einer Schiffskiste, ihre kleine Handtasche mit beiden Händen an die Brust gedrückt. Ein Mensch von einem andern Stern, heruntergefallen auf die Erde, dem Dompteur Lent vor die Füße.

Miss Julia hebt das Gesicht. Sie wirkt todmüde und ohne Hoffnung. Ihre tiefliegenden Augen sind matt. Wenn es stimmt, dass die Augen der Ausdruck unserer Seele sind, dann ist Julia Pastranas Seele versiegelt. Rösli kann nicht darin lesen. Sie sind Gefährtinnen. Ein Pendelschlag. Aber das Zauberwort, das dieses Siegel brechen könnte, hat Rösli noch nicht gefunden.

Es kniet sich vor die Gefährtin hin, um den Schmetterling in ihrem Zopf zu berühren. Julia bewegt sich nicht. Es ist, als wolle sie den Rest ihrer Tage in zusammengesunkener Haltung verbringen. Rösli kann mit keinem Wort, keiner Berührung etwas daran ändern.

Plötzlich aber strafft Julia den Rücken. Sie streicht und plättet ihr Kleid, dann zieht sie die zitternden Lippen breit. Nur ein Mensch auf dieser Welt vermag einen Funken in Julias Augen zu entzünden.

Der schöne Mister Lent!

Aus dem Nichts springt er in ihr Blickfeld, federt herbei in seinen Hochglanzstiefeln, einen samtbezogenen Koffer in jeder Hand und ein Stoß Zeitungen unter dem Arm. Sein Schnauz ist gedrechselt, das gewellte Haar sorgfältig gescheitelt, mit Pomade beschmiert und als schwarzer Vorhang um die Stirn geschwungen.

Schon in England hat er die Tour auf dem Festland vorbereitet. Einige Verträge mit großen Etablissements sind bereits abgeschlossen. Er benutzte die neue Erfindung von Morse, um den Schreibtelegraphen die Ankunft der Sensation Pastrana mit dem Dampfer L'Alliance übermitteln zu lassen. Auszüge aus medizinischen Gutachten wurden an alle Zeitungsredakteure geschickt. Er schrieb dazu einige Zeilen.

«Post scriptum: Hinsichtlich Julia Pastrana kann die Frage: ‹Mensch oder Tier?› bis zum heutigen Tag nicht beantwortet werden.»

Kaum hat seine Attraktion wieder Boden unter den Füßen, leuchtet ihr der Name Julia Pastrana aus den Titelbalken der Zeitungen entgegen.

> Die Pastrana ist etwas vom Eindrücklichsten, das es gegenwärtig in den Schaustellerbuden zu besichtigen gibt.
> Wir haben in Julia Pastrana eine Spezies, die sich vielleicht im Zustand der Modifikation befindet.
> Unterlaufen Gott Fehler? Vielleicht ist nicht Er derjenige, der alles ordnet, zuteilt, überwacht, nimmt und gibt.
> Es ist nicht sicher, dass der Mensch Mittelpunkt aller Dinge ist. Oder wie will man sonst das Entstehen der Arten und Abarten erklären? Das ist vielleicht nur unser Wunschbild. Was früher einfach und klar gewesen ist, erweist sich uns Heutigen als Rätsel.
> Den jüngsten Forschungsberichten zufolge muss der aufgeklärte Mensch sich Abnormität als Krankheit oder Defekt vorstellen. Teilweise vererbbar. Teilweise infolge eines Mangels. Beim heutigen Stand der Medizin nicht zu heilen, zu verhindern oder zu verbessern.

Diese Pastrana wirft unzählige Fragen auf, schreiben die Redakteure. Glaube ficht gegen Wissen. Wo stehen wir heute, angesichts dieser Erscheinung? Alles kann behauptet, nichts kann bewiesen werden.

Impresario Fairchild Lent pfeift eine Kutsche herbei und lässt die Pferde im Galopp zum Ziel der ersten Etappe laufen.

Julia wird Europa erobern.

Aber auch die neue Montez steht im Notizbuch des Impresarios. Diese Aktie wird nun belebt. Meine Rose! Meine Taube!

Wenn Lent mit seinen Vorführobjekten weiterzieht, bleiben gebrochene Herzen und ein Häufchen Zigarrenasche zurück.

Es wird eine lange Reise durch Ruhm und Glorie. In drei Jahren sollte Lents Truppe seiner Berechnung nach Einzug ins Zarenreich halten. Rosie la Belle ist dann im besten Alter.

Der erste Auftritt findet in Berlin statt. Miss Julia Pastrana wird im Krollschen Theater erwartet. Nach dem verheerenden Brand von 1851 ist dieser Palast nun wieder aufgebaut. Das Sommertheater im Garten kann bei Regen überdacht werden. Völkerscharen wälzen sich an jedem Sonntag durch den Tiergarten zum neuen Gebäude mit seinem feuerfesten, geschmackvollen Theater. Noch immer gilt: *Kein Mensch kann auf Bildung machen, der nicht vorher bei Kroll gewesen ist.* Dafür bezahlen manche Besucher den doppelten Preis, nur um Eintritt zu erhalten.

Julia ist als Sondergast angekündigt. Sie spielt die Hauptrolle im eigens für sie geschriebenen Stück mit dem Titel *Der curierte Meyer*.

Miss Pastrana besitzt eine eigene Garderobe. Dort wird sie von ihrer Dienerin zur Dame der Haute volée herausgeputzt. Ihr Unterrock ist der letzte Schrei. Ein Netz aus Haltebändern ist an Stahlreifen befestigt. Darüber spannt sich die Krinoline in der Farbe Berliner Blau wie ein Kaffeewärmer. Ihre Taille muss eng zusammengezurrt werden, damit Julia mit zwei Händen zu umspannen ist. Diese Wespentaille betont den wohlgeformten, üppigen Busen. Eine Schute ist mit geraffter Seide überzogen, darüber fällt ein Schleier, der mit Blumen durchwirkt ist und das Gesicht mitsamt Bart bedeckt.

An der Premiere bebt Julia vor Angst. Sie fasst nach der Hand ihrer Dienerin. Alle Kerzen werden angezündet und die Lüster an den Ketten zur Decke gezogen. Die Bühne erstrahlt in weichem, warmem Licht. Mit einem tiefen Seufzer wankt Julia durch den Vorhang hinaus ins Lichtermeer. Eine geheimnisvolle Verschleierte, die ihr wippendes Kleid über die Bühne schleift, langsam der Kulisse eines Parks entlang, eine Grande Dame auf dem Weg zur Gloriette. Sie hebt die Volants an, um an einem jungen Mann vorüberzueilen.

Der Jüngling schaut ihr nach. Er ist verzaubert von dieser feenhaften Gestalt. Die Erscheinung einer Göttin. Er verliebt sich in die Geheimnisvolle. Sein Name ist Meyer, er bietet der Dame seine Begleitung an. Ihr Gesicht bekommt er nicht zu sehen. Ihre Zurückhaltung entzückt ihn. Er fällt auf die Knie und bittet sie, seine Frau zu werden. Die Geheimnisvolle bedeutet dem jungen Meyer, dass sie ihn glücklich mache unter der Bedingung, dass er nie versuche, ihr in die Augen zu schauen. Der Jüngling ist seiner Liebe sicher. Er besteht darauf, sie zu betrachten, er will in ihre Augen tauchen. Er will darin ertrinken. Das Zauberwesen schlägt den Hutschleier zurück. Dem jungen Meyer nimmt es den Atem. Die Göttliche ist das hässlichste Wesen der Welt. Meyers Liebe verfliegt in weniger als einer Sekunde.

Einzelne im Publikum lachen auf. Andere stimmen ein. Dann füllt ein Orkan von Gelächter das Krollsche Theater. Das Publikum klatscht und stampft. Tobt wie noch nie. Julia Pastrana, das Affenweib, steht da, allein auf der Bühne, ein Meter dreiundfünzig groß, eine Hand am Sonnenschirm, die Krinoline schaukelnd, der Lächerlichkeit preisgegeben.

Die Zuschauer erheben sich von den Sitzen. Sie klatschen ohne Ende.

Julia hält das Gelächter aus, die eiskalte Dusche. Über Minuten. Sie hört nicht auf, den Mund breit zu ziehen.

Im Umkleideraum fällt der pelzige Schmetterling dem Rösli vor Erschöpfung in den Arm.

Der curierte Meyer ist der Höhepunkt der Saison. Die Aufführung steht für Wochen auf dem Programm. Impresario Fairchild Lent besitzt eine Loge und lässt keinen Theaterabend aus. Die Zigarrenkringel stauen sich an seiner Hutkrempe. Beim Betreten der Bühne wirft Julia einen Blick zu dieser Loge. In ihrem Innern wehen Schmetterlinge auf.

Sie spielt die geheimnisvolle Unbekannte für einen Einzigen. Für ihn.

Sie singt für ihn.

Sie erträgt das ätzende Gelächter für ihn.

Zieht den Mund in die Breite für eine endlos lang anzuhaltende Note. Nur für ihn.

Nach den Aufführungen soupiert der Impresario mit wichtigen Leuten. «Man muss das Eisen schmieden, solange es heiß ist», pflegt er zu sagen, wirft den Seidenschal um seinen Hals und verschwindet ohne Abschied.

Rösli öffnet die Befestigung der eisenbereiften Krinoline, nimmt der kleinen Person den Kaffeewärmer und Brustpanzer ab. Danach machen sich die beiden unerkannt auf den Weg zu ihrer Hotelunterkunft.

«Das Herz ist mir übergelaufen, wenn Miss Julias Hand sich in die meine schmiegte, damit ich sie, anstelle von Mister Lent, zum Hotel führe. Ihre haarige Hand in der meinen. Wie ein kleiner Hase. Warm ist mir da geworden.»

Ihr Weg führt sie am Bach entlang. Im Gleichschritt trippeln sie über Kopfsteine. Sie bleiben auf der Brücke eine Weile am Geländer stehen, lauschen dem Flirren der Gräser, beobachten das Zerfließen ihrer Gesichter und das Zittern der Sterne über sich. Einmal entfährt dieser ein Seufzer, einmal der anderen ein Wort.

«Im Himmel gibt es für jeden Menschen einen Stern», behauptet Rösli.

«Der Himmel ist zu fern für eine wie mich.»

Sie schlendern zum Haus der Modistin. Im Mondlicht schweben die gewaltigen, mit Blust gefüllten und gefiederten Hüte auf Holztellern durchs Fenster. Mit einem solchen Federnest und Blütengarten auf dem Kopf wären sie Damen. Die Passanten würden sie voll Ehrerbietung grüßen. Die Damen würden ihre Kleider mit einem Schwung um ihre Beine wirbeln, nicht links, nicht rechts schauen, nur immer mit winzigen Schritten geradeaus gehen.

Sie krümmen sich vor Lachen gegen das Schaufenster.

Die Nachtspaziergänge vom Theater zur Hotelunterkunft waren das Schönste, das Rosie erlebt hatte. Perlen auf ihrer Kette.

Welche Perlen sind auf der Kette von ihrem Armenvogt?

Rosie hat mich gefragt. Sie hat ernsthaft eine Antwort erwartet. Wo sind deine Perlen, Immoos-Toni? Noch nie zuvor hat jemand mich danach gefragt. Nicht einmal ich selbst. Ich weiß nicht, wo meine einzigartigen Momente geblieben sind. Es ist mir nie in den Sinn gekommen, sie zu fassen.

Rosie sammelte Perlen und fädelte sie auf ihre Kette.

Die Schöne und die Hässliche sitzen wieder öfter in der Bettenburg. Lent lässt sie allein.

Wo ist er?

Irgendwo. Unterwegs zu irgendwem.

In frischen Nachthemden, mit gebadeten Füßen und einer Teetasse auf den Knien, lauschen die Gefährtinnen in die Stille der Nacht. Sie denken an Mister Lent, der sich durch Straßen kutschieren lässt, die gekreuzten Handschuhhände auf dem Knauf des rüttelnden Gehstocks, um ein Engagement für seine Attraktionen zu erwirken. Er wirft sich vor Managern in die Brust, spielt um Arenen und Zuschauermassen. Julia und Rösli sind sein Einsatz. Er gewinnt oder verliert. Falls er verliert, lässt er seinen Ärger an ihnen aus. Sie hoffen jede Nacht, sein Gewinn zu sein. Sie warten auf Mister Lent. Sie warten auf den Abend, da er mit ihnen beiden in der Öffentlichkeit zu soupieren begehrt. Mit ihrem Federnest und Blütengarten auf dem Kopf werden sie an seinem Arm hängen und hoheitsvoll am nickenden Personal vorbei durchs Lokal steuern, da sie seine Donne assolute sind. Nicht bloß sein Einsatz im

Spiel ums Publikum. Keine Aktienwerte für den Safe und keine Fußabtreter.

Julia summt eine Melodie. Rösli hat sie noch nie gehört. Dieses Lied hat die Mutter von Julia gesungen, als man ihr den pelzigen Schmetterling aus den Armen nahm. Was die Mutter mit dem Kind verband und was sie nicht mit ihm würde erleben können, seine Trostlosigkeit, seine Einsamkeit, sein Elend, all dies sammelte sie in einer Melodie. Man nahm ihr das Kind. Und sie sang aus voller Kraft. Es war kein gewöhnliches Lied. Es war der Klang der Welt. Die Mutter hat ihn der Kleinen zum Abschied geschenkt. Er wird ihren pelzigen Schmetterling immer begleiten. Immer trösten.

Plötzlich begreift Rösli, warum Julia so oft den Kopf hebt und auf Laute horcht, die nur sie vernimmt. Warum sie Schmetterlinge aus Garn zum Leben erweckt. Es ist das Vermächtnis der Mutter. Es begleitet Frauen wie sie. Das Lied hilft ihnen zu überleben.

«Was bin ich für dich?», fragt Julia Pastrana ihre Dienerin.

Aber sie wartet nicht auf Antwort. Sie fürchtet die Antwort. Was kann sie für die Belle schon sein? Wenn nicht ein bedauernswertes, merkwürdiges Wesen, das sich das Fell kraulen lässt.

«Für den Impresario bin ich ein Mensch», erklärt Julia. Er sehe in ihr die Frau. Seine Frau.

Röslis Kehle ist zusammengeschnürt. Noch nie hat es von seiner Verwandlung in einen Tiger erzählt. Dass es vor dem schönen Mann kuscht, ihn leckt und manchmal in seinen Armen schläft. Und in diesen Augenblicken glücklich ist. Sein Körper ist dann daunenweich. Es hat noch nie so etwas Schönes erlebt. Dann möchte es sterben. Ja, in Lents Armen will das Rösli von der Fronalp sterben, im vollendeten Glück. Den Mister Lent als letztes Bild vor den Augen.

Jetzt aber ist das Rösli todtraurig. Da er in einer anderen seine Frau sieht. Es möchte auf der Stelle tot sein.

Zwischen ihnen gibt es Geheimnisse. Fest versiegelt im Innern.

«Frauen! Man versteht sie nicht», erklärte mir Coiffeur Betschart. «Unsere Alpenrose hat das Dorf verlassen, im Glauben, dass ihre Schürze nicht weit genug sei, um alles zu fangen, was an Herrlichem hineinprasseln würde. Und dann setzt sie sich zu einer Affenfrau ins Bett, um mit ihr auf den Windhund Lent zu warten.»

Es grenze, fand er, an Wahnsinn.

«Ich bin ein simpler Coiffeur. Du bist der Armenvogt von einem abgelegenen Alpendorf. Für uns reißt sich keine Frau in Stücke. Es geht mir nicht in den Kopf, dass man dazu ein Dompteur sein muss. Welche merkwürdigen Eingebungen leiten die Frauen?»

Betschart schlug vor, mir einen schmalen Oberlippenbart zu schnipseln. «Ein Tangotänzer vom Rio de la Plata wird Rosie la Belle vielleicht gefallen. Wie ich sie einschätze, wartet die auf einen Windhund.»

10

Das Theaterstück macht Julia Pastrana in Deutschland berühmt. Für den Impresario eine sichere Einnahme. Endlich kann er in Ruhe Einkäufe machen, die Etablissements der Stadt genießen, in einem Salon seine Füße kreuzen und in die Zukunft planen. «In der Hektik verliert man», so meint er, «leicht den Überblick, vielleicht sogar das Maß.»

Deutschland hat Hochkonjunktur. Beteiligungen an Dampfschiffen, Berghüttenwerken, Zuckerraffinerien und chemischen Werken interessieren den Geschäftsmann Lent.

Er wird von Briefen für die Pastrana überschüttet. Je mehr man sie ins Rampenlicht rückt, desto undurchschaubarer wird sie. Je undurchschaubarer sie ist, desto interessanter wird sie. Zeitschriften möchten ein Interview. Studenten möchten sie zeichnen oder untersuchen. Jemand gibt eine Einladung und wünscht das Erscheinen von Julia als Überraschungsgast, wenn möglich verhüllt, wie auf der Bühne, als Höhepunkt des Schreckens.

Lent vergnügt sich beim Lesen dieser Post, die Beine gekreuzt auf dem Pult. Er ordnet die Briefe in drei Haufen. Ablehnung, Annahme, Vielleicht. Je nach Bedeutung der Gastgeber und dem Honorar, das verlangt werden kann. Oder den Beziehungen dieser Leute, die ihm nützlich sind. Er wirft die Briefe auf den ersten, den zweiten oder dritten Stapel.

‹Vielleicht› bedeutet, dass Lent noch Erkundigungen über die Adresse einziehen muss. Adel hat Vorzug. Dann kommen Politiker und aufstrebende Industrielle. Dann Wissenschaftler. Diese unterteilt er nach der Berühmtheit des Namens.

Insgeheim erwartet er eine Einladung des Königs von Preußen. Er sieht im Geist die Ankleber mit ihren Besen Schriftbänder quer über alle Plakate heften. Friedrich Wilhelm IV. besichtigt die sensationelle Julia Pastrana.

«An der Wiege von Theodor Fairchild Lent standen drei Feen, Miss Julia. Wie im Märchen. Sie berührten ihn mit dem Zauberstab. Und eine jede Fee flüsterte ihre Wünsche über den Buben.»

«Welche Wünsche, Rösli?»

«Was Feen so wünschen. Sterntalerregen. Höhepunkte. Sensationen. Ewiges Leben. Einen Gold scheißenden Esel.»

Mit Julia kann Rösli lachen. Ein ungeöltes Scharnier oder das widerborstige Geringel eines Maßbands oder eine Kuhherde, die ihre Eisenbahn aufhält, beschert ihnen Heiterkeit. Solche Störungen stehen nicht im Notizbuch des Impresarios. Sie entziehen sich dem Willen des besten aller Dompteure.

Es belustigt seine Attraktionen. Sie kichern hinter seinem Rücken.

Mit Mister Lent können sie nicht lachen. Er ist zu ernsthaft. Mit einem Mann, der seine Weiber mit Aktien vergleicht, kann man über die kleinen Katastrophen des Lebens nicht lachen. Er ist mit Jonglieren von Rauchringen beschäftigt. Immer bedacht, die Messlatte des Misserfolgs nach unten zu verschieben und ein Hindernis, das nicht umgangen werden kann, in einen Vorteil zu verwandeln.

Einzelvisiten bei Miss Julia organisiert der Impresario im Hotel. Er mietet dazu einen zusätzlichen Salon. Um diesen an die Präsentation anzupassen und die Besonderheit seiner Attraktion hervorzuheben, mischt er die Ambiance der Belle Époque mit einem Hauch von Exotik. Mit seinem bodenlangen Seidenschal spaziert er wie ein Pfau in dieser Kulisse herum. An seinen Fingern glänzt ein Brocken aus purem Gold, und er dirigiert wedelnd eine halbe Armee von livrierten Domestiken. Der Salon wird mit kostbaren Möbeln und mit Palmen in Messingkübeln bestückt. An der Decke hängen Pflanzenkörbe, deren Orchideen sich bis fast zum schwarzen Marmorfußboden neigen. Julias gehäkelten Schmetterlinge sind an den Rispen festgemacht. Käfige mit zwitschernden, bunten Vögeln hängen zwischen dem Blattwerk. Ein diffuses Außenlicht besprenkelt den Raum mit Farbtupfern. Der Weg seiner Besucher führt in Schlingen um die Kübelpflanzen herum bis zu einem Bühnenaufbau. Darauf steht ein goldverzierter Stuhl.

In diesem künstlichen Amazonien setzt der Impresario seine Julia auf den Thron.

Die Dienerin wird in die hochgeschlossene Robe einer Zofe gekleidet und mit Anweisungen versehen. «Du machst ein Gesicht, das nichts aus der Ruhe bringt! Prüfst die Visitenkarte, mit einer Miene, meine Rose, unbestechlich und gnadenlos wie ein Höllenhund. Dann führst du die Besucher zur Audienz!»

Die Einzelvisiten beginnen.

Die Besucher umschreiten Palmenkübel, teilen Blattwerk und nach einigen Biegungen stehen sie vor «The lovely Miss Pastrana». Im Gezwitscher der Vögel, umrahmt von Blattwerk und Gold, baumelt sie mit den Beinen. Wie eine im Urwald vergessene und von Pflanzenwerk halb überwucherte Puppe.

Das also ist Julia!

Ein finster dreinschauender Schimpanse auf einem Thron.

Die Pastrana winkt näher heran und faltet die Hände in Erwartung von Fragen.

«Ja, Deutschland gefällt mir. Ich würde gern hier wohnen. Es fehlt mir an nichts. Mein Impresario kümmert sich um mich. Er holt immer gleich einen Doktor. Schon bei einem Schnupfen. Natürlich schätze ich Ihren König Wilhelm. Ich hoffe, dass er mir die Ehre erweist, mich zu empfangen. Ich hoffe auch, dass der König von Bayern mir die Ehre erweist, mich für die Galerie der Schönheiten malen zu lassen und mein Porträt neben dasjenige der Lola Montez zu hängen.»

Eine Besucherin lacht Splitter von Glas.

Im Hintergrund schwingt der Impresario einen Fuß auf den Klavierhocker, um seinen Lackschuh mit dem Seidenschal zu polieren. Er wacht dort für den Fall, dass neue Themen seine Pastrana verunsichern. Solche über die Evolution, die Stellung der Frau, die verletzte Würde als Schauobjekt, die Formen neuer Tierdressur.

Machen Sie Männchen, Miss Pastrana? Womit belohnt der Impresario Ihren Gehorsam? Womit bestraft er sie? Haben Sie einen Willen oder folgen Sie Ihrem Instinkt? Ruft der Impresario den Tierarzt oder den Menschenarzt? Bezeichnen Sie sich als sehr männliche Frau oder als weibliche Frau mit Bart? Sind Sie nicht auch der Meinung, dass Bücher mit Haushaltsanleitungen und Höflichkeitsregeln sowie medizinische Ratgeber umgeschrieben werden müssten, weil im Hinblick auf Bartfrauen das Wort «Weiblichkeit» neu zu deuten wäre?

Durch Amazonien bricht das Gelächter eines Kellerbasses, das schrille Meckern einer Ziege, das Zischeln einer Schlange, das Gurren einer Taube.

Mit Zeichen gibt Lent zu erkennen, dass Julia schweigend die Hände ineinanderlegen soll. Oder sie soll ein Ja-Nein durch Schulterzucken andeuten. Oder rätselhaft dreinblicken. Oder einen tiefen Atemstoß zum Himmel schicken. Oder sie soll einfach jetzt ihre Stickarbeit fortführen zum Zeichen, dass die Audienz vorüber ist.

Das Reden mit Neugierigen ist der Dienerin verboten.

Doch manchmal macht sie Andeutungen. Ja, Julia hat Wünsche wie andere Frauen. Vorhänge an die Fenster ihres Hauses hängen, zum Beispiel. Einen Garten bepflanzen. Eine Wiege schaukeln. Am Arm eines Gatten durch einen Park spazieren. Ja, sie möchte schön sein. Wie jede Frau.

Es kommt vor, dass ein Besucher die Wächterin im Vorzimmer zur Seite nimmt, ein Trinkgeld in ihre Rüschenschürze gleiten lässt und nach dem Verhältnis von Theodor Fairchild Lent zu seiner Attraktion fragt.

Hat sie Lents Brandzeichen im Fell? Bringt er Julia zum Weinen? Richtige Tränen? Kriecht die Affenfrau nachts unter die Decke ihres Impresarios? Treiben sie es miteinander? Kettet er sie im Bett an? Lutscht sie an seiner Banane? Sind die zwei etwa gar verheiratet?

«Sie ist sein Haustier.»

«Verehrter Herr Waisenvater!

Ich bin in Deutschland. Berlin ist unglaublich schön. Es hat Eleganz und herrliche Alleen. Ich bin im Kommen. Das heißt, dass ich noch übe, weil man eine solche Nummer nicht mir nichts, dir nichts aus dem Ärmel schüttelt. Der Impresario sagt, man muss mich lancieren, sonst wird das nichts. Die Montez sei auch nicht über Nacht berühmt geworden. Zudem steht jetzt Miss Julia auf der Bühne. Das Krollsche Theater ist ausverkauft. Immer. Und ich führe Herrschaften zur Audienz. Klingende Namen. Miss Julia auf einem goldenen Thron. Das erschlägt die Herrschaften, eine Affenfrau auf dem Thron, ist ja nicht alltäglich. Dass diese vornehm wohnt und empfängt, während ihre Besucher vor dem Podest stehen müssen und vielleicht in einem Loch hausen. Und die Affenfrau schaut auf sie herab. Meine finstere Miss baumelt mit den Beinen und hört zu. Hüpft nicht kreischend umher. Knackt auch keine Läuse. Sondern macht Konversation in drei Sprachen. Wie ein gebildeter Mensch. Da können die Herrschaften sehen, was die Dressur von meinem Herrn, dem Impresario, ausmacht. Hoffentlich nützt diese auch bei Eurem Rösli.»

Julia bedeute dem Impresario viel. Sie sei ihm ein Vermögen wert, Eisenbahnaktien, Verträge, Reisen, Geld. Seinen ganzen Besitz gäbe Mister Lent für Julia her. Ohne mit der Wimper zu zucken. Wenn sie es von ihm verlangte.

Ihr Impresario sei sehr besorgt um sie, sehr anständig, ein guter Mann, so geschickt, so klug.

Lent rühmt die deutschen Städte. Er hat viele Verabredungen. Trifft sich mit Herren, die eine Stellung haben und für die Zukunft von Rosie la Belle von Bedeutung sind, wie er behauptet. Manchmal trifft er sich auch mit Frauen. Kommt oft erst im Morgengrauen ins Hotel zurück. Der Tiger ist sich selbst überlassen. Die Zusammenkünfte der Belle und der Pastrana kümmern ihn wenig. Beide sind verschwiegen. Keine spricht mit der anderen über ihr Verhältnis zu ihm.

Rösli findet die Tür zu Miss Julias Kammer manchmal abgesperrt. Geräusche dringen durch die dünne Wand. Seufzer? Wälzt Julia sich schlaflos im Bett? Wovon träumt die hässlichste Frau der Welt? Ihr Körper ist derjenige einer jungen, gutgebauten Frau. Ihr Fleisch ist straff. Die Rundungen sind weich, ihr Bauch ist samten und eine Delle teilt den zarten Rücken.

Rösli lauscht eine Weile an Julias Tür. Schleicht dann in ihre Kammer zurück. Das Wesen Julia bleibt ein Rätsel.

Ankleber pinseln Plakate an die Säulen des Herrn Litfass. Was ihre Hände berühren, riecht nach Druckerschwärze und Neuigkeit.

Lents neue phantastische und absolut einmalige Schau erstmals in dieser Stadt.

DAS RÄTSEL JULIA PASTRANA

Mensch oder Bestie?

Das Holzschnittbild zeigt ein auf allen vieren kauerndes Kind, das in seiner Orang-Utan-Familie lebt. Julia das lebende Affenweib. 100 000 Mark Belohnung demjenigen, der nachweist, dass Julia in einem Fell steckt!

Kommen Sie! Sehen Sie der Welt größte Attraktion!

Darunter prangt in kleinerer Schrift:

INTERMEZZO mit der überaus bezaubernden, überaus verführerischen Burlesque-Tänzerin ROSIE LA BELLE. Die Geheimnisvolle mit der Maske.

Täglich.

Erstmals mit erotischem Beiprogramm. Rosie la Belle.

Redakteure erscheinen. «Wer ist die Kleine?»

«Eine Bombe», antwortet Lent. Er lässt dabei die Lippen mit leisem Plopp auseinanderschnellen. Dann dreht er am Verschluss seines Munds. Die Herren Redakteure recken ihre Hälse, weil sie ein Geheimnis wittern. Lent macht einige Andeutungen.

Die Meute notiert: «Paris. Skandal. Duell. Maske. Flucht.»

Die Zeitungen drucken das ganze verruchte Leben der Rosie la Belle. Die Pariserin sei zu schön für die Ehe, zu wild für das Kloster. Ein Verehrer wurde im Duell erschossen. In Paris läuft deswegen ein Prozess. Die Flüchtende trägt eine Maske, damit man sie nicht vor Gericht schleift. Impresario Fairchild Lent bietet ihr Schutz. In seiner Schau enthüllt sie tanzend das Drama ihres Lebens.

Rösli liest die Artikel über La Belle, schneidet sie sorgfältig aus und klebt sie in ihr Album.

«Verehrter Herr Waisenvater.

Sie haben mir einen Lebenslauf verpasst. Mein lieber Schwan! Mister Lent pfeift ein paar Takte. Und das Orchester spielt die ganze Oper.

Euer Rösli.

Anbei: Zeitung.»

Ein Artikel ist mit einem roten Farbstift eingerahmt. «ICH!» steht in ihrer Handschrift neben dem Wort «Intermezzo».

Der verstörte Waisenvater hat die Zeitung, ohne sie jemandem zu zeigen, zusammengerollt ins Mauerwerk gestopft und zugepflastert. Die Lebenszeichen seines Mündels nutzte er zum Abdichten. Auf diese Weise erfüllten sie einen Zweck.

Er sprach nicht mehr von seinem Verdingkind.

Theodor Fairchild Lent nahm jetzt das Rösli von der Fronalp an der Hand.

Er trifft in Deutschland die letzten Vorbereitungen für die Lancierung der Künstlerin Rosie la Belle. Ihren Auftritt setzt er an den Anfang der Freakshow, weil ihm dies eine Steigerung der Attraktion erlaubt. Seine Belle ist die Ouvertüre. Einige Atemzüge lang kann das Publikum noch den Anblick von Schönheit genießen und sich ins Polster der Vollkommenheit lehnen. Danach stürzt es ins tiefste Entsetzen.

Der Unterschied von Rosie zu Julia ist gewaltig.

Am Käfig hat er Haken und Bügel anbringen lassen, damit die Szene ohne Zwischenfall verläuft. Mit blitzschneller Bewegung wird seine Burlesque ihr Mieder am verborgenen Haken einhängen, die lose Naht des Kleides aufreißen und Knöpfe absprengen. Diese Bügel dienen aber auch zum Erklettern des Käfigs.

Mister Lent erklärt ihr jeden Punkt.

Rosie wird sich am Stab winden wie am Körper eines Mannes.

«An meinem besten Stück, ma Belle!»

Sie rollt selbstvergessen die Zunge im offenen Mund. Kommt von dem Mann nicht los, ist dieser Härte seines Körpers ausgeliefert. Vollkommen. Der Gitterstab zieht Rosie unendlich an. Sie räkelt ihre Rundungen daran in die Höhe. Ihr Kleid verheddert sich und ihr Mieder springt auf. Bis Rosie sich auf dem Käfigdach aufrichtet, umwehen nur noch Fetzen ihren Körper. Sie versucht, die Blöße der Scham mit Seidenstreifen zu bedecken, wird dabei das Dreieck aufblitzen, jedoch in seiner Vollendung nur erahnen lassen. Er wird ihr seine Zigarre hinaufreichen, denn Rosie la Belle raucht Zigarre.

«Et voilà: die neue Montez!»

«Jessesmariaundjosef!»

Der schöne Impresario poliert die Fingernägel an der ausgewuchteten Brusttasche, hält die Hand von sich weg und betrachtet seinen Goldbrocken.

«Drei Dinge musst du verstehen. Die Ordnung. Der Respekt vor dieser Ordnung. Den Nutzen aus der Ordnung. Die einen machen die Regeln. Die anderen befolgen die Regeln. Die Dritten nutzen die Regeln. Wir gehören zu den Dritten.»

11

Das Debüt von Rosie La Belle beginnt mit einem Pistolenschuss.

Die erschrockenen Besucher schnellen vom Sitz, da jagt auch schon die maskierte Schöne mit flatterndem Cape in die Manege. Die Flüchtende rennt in Panik hierhin und dorthin. Wo sich verbergen? Wieder ein Schuss. Die Musik stottert, Sägemehl stiebt. In der Not versteckt sich die Maskierte hinter dem Käfig. Sein seidener Vorhang weht auf. Die Fliehende erhascht einen Blick aufs eingepferchte Wesen. Sie reißt vor Schreck die Maske vom Gesicht.

Blutjung ist sie. Schön ist sie. Ein Opfer ist sie.

Und wo sie Schutz sucht, fletscht ein Ungeheuer das Gebiss.

Rosie la Belle begreift, dass von ihren Liebhabern mehr Gefahr droht als von einem wilden Tier. Mit beiden Händen erfasst sie einen Gitterstab, beinah brutal. Sie umschmiegt und umschmeichelt ihn, hangelt sich in Windungen bis zum Dachgitter hinauf. Dort reißt sie mit raschem

Griff das Kreuzband der Fischbeinkorsage auf. Da steht sie nun, über dem Kopf einer Abnormität, ohne Mieder und mit zerrissenem Kleid, in der Schusslinie ihrer enttäuschten Liebhaber.

Sie nimmt tiefe Züge aus der Zigarre.

Es ist sinnlos, mit einigen Seidenfetzen die Nacktheit verhüllen zu wollen. Sie tänzelt über den Rost, tritt mit der Spitze des Schuhs ihre Zigarre aus. Dann macht sie einen Spreizschritt in die Luft und federt zu Boden. Leicht wie ein Ball. Die Seidenfetzen umwehen ihre Haut und sinken unendlich langsam über die Kamelie, die auf Rosies Strumpfband blüht.

Der Impresario reicht ihr die verlorene Maske. Eine flüchtige Umarmung. Die Burlesque hält sich die Maske vor ihre Scham und eilt zum Ausgang.

Der Applaus ihres Publikums ist lau.

Manche Besucher lachen. Die meisten sind peinlich berührt, sie halten sich aufrecht und starr in den Sitzen, denn sie sind gekommen, um das absonderlichste Wesen dieser Welt zu sehen. Nicht eine leichte Dame. Der Impresario lenkt mit einem Peitschenhieb die Aufmerksamkeit der Zuschauer zur eigentlichen Schau.

«Lovely Julia Pastrana. Here she is.»

«Verehrter Herr Waisenvater, es gibt kein Rösli mehr. Ich bin jetzt eine Künstlerin. Alle meinen, ich sei aus Paris. Mein Kleid ist entsprechend sehr schillernd. Quer über die Brust ist Jett-Stickerei. Ich tanze, bin ja beweglich. Und rauche Zigarren, muss nicht einmal husten. Die Montez hat auch Zigarren geraucht. Die war die Geliebte von Königen. Darum macht sich das Rauchen gut. Ich gleiche ihr, meint mein Herr. Allerdings noch nicht so ganz. Doch ich stehe in der Zeitung. Und auf Litfass. Das sind so Säulen. Davor sammeln sich Leute. Lesen den Namen Rosie la Belle. Würden nie glauben, dass ich von Morschach stamme und Geißen gehütet habe. Grüße an Lisi, Dori und Melk. Sagt ihnen, das Geißenrösli habe sich im Ausland gemausert. Es stoße den Kopf beinah am Himmel an. Eure Rosie la Belle»

Rosie wird nach ihrem Auftritt beklatscht.

«Mit erhobener Hand stand ich im Brausen. Das Klatschen nahm kein Ende.»

Die Kunden von Coiffeur Betschart ließen die Zeitschrift auf die gekreuzten Beine sinken und seufzten.

«Eine Sensation! Unsere Rosie? Sie kann noch heute das Glück nicht fassen, einmal auf einem Programm gestanden und auf einem Tierkäfig einen Balanceakt vollführt zu haben.

Was tat denn dein Schützling, Toni?

Sie legt dort acht Minuten einen Wirbel hin, dass die Nähte reißen, die Knöpfe vom Kleid springen und ihr Korsettpanzer von großer Höhe zu Boden kracht. Sie strampelt ihren Seidenfetzen nieder, lässt die Scham aufblitzen wie den Schatz der Bundeslade und genießt die Verblüffung.

Der Auftritt dauert acht Minuten, Toni!

Acht Minuten stiert das Publikum zu ihr hinauf.

Und diese Augenblicke prasseln als Manna in Rosies aufgespannte Schürze. Ist das die Fülle? Herrgott, Armenvogt! Ganze acht Minuten steht sie auf dem Platz, den ihr die Götter zugewiesen haben. Das muss man sich vorstellen! In der neunten Minute nimmt sie die Maske vor die Scham.

Das Klatschen flammt noch einmal auf, ehe Rosie von der Bildfläche verschwindet.

Was ist danach?

Rosie verfügt über eine Zeitdauer von vierzig Millionen Restminuten. Eine lange, gleichförmige Strecke Zeit. Womit füllt sie die? Sie bringt sie hinter sich in Betscharts Coiffeursalon. Setzt sich in die Damenkabine und biegt ihre Wimpern, damit sie mit ausdrucksvollen Augen auf das Intermezzo zurückschauen kann.

Sie ist einmal aufgefallen. Gut, das ist mehr als ein Coiffeur oder ein Armenvogt von sich behaupten kann. Zu jener Zeit war Rosie noch ein Anblick. Heute ist sie eine alte Frau mit Apfelbäckchen und einem straffen Perlband um die Halsfalten. Sie hockt auf dem Matratzenrand des Armenhauses, lässt sich die Memoiren durch den Kopf gehen und schaut den Fluten ihrer vertrockneten Baccararosen nach. Sie mampft die großartigen Augenblicke wie ein Wiederkäuer seine Tagesration.

Vor ihr liegt das tägliche Nichts.

Doch unser Immoos-Toni verlangt, dass wir uns ihre Memoiren anhören. Seinem Schützling wenigstens ein Ohr leihen. Aus Respekt, Güte, Menschlichkeit oder sonst einer widerwärtigen Idee. Zugegeben, wir stehen nie im Licht wie die Rosie. Wir geben uns Mühe, auf dieser Alpenplatte etwas wie Zufriedenheit zu spüren. Schauen hinunter auf den schimmernden See und hinauf zu den lichten Wolkenlöchern. Wir sind Zuschauer des monumentalen Schauspiels der Natur. Doch Rosie ist aufgeblitzt. Sie ist auf einem Blitz geritten. Ihr Blitz hat einmal den Himmel krakeliert.

Der Rest ist Schweigen, Toni.»

Die Zeitungen berichten über das Intermezzo einer Rosie la Belle.

Sie ist sehr ungewöhnlich, sehr komisch.

Eine Zeile. Eine einzige.

Danach berichten die Zeitungen seitenlang über Julia Pastrana.

Sie sei ausgesprochen hässlich. Die Königin der Absonderlichkeit. Aber sie singt wie eine Göttin. Ihre Lieder sind gefühlvoll. Ihre weiche Stimme rührt die Zuhörer zu Tränen. Sie ist der einzige, der wahrhafte Star von Lents sensationeller Schau.

Miss Pastrana hat eine Art von Schönheit, die man Würde nennt. Sie lässt die Femina perfecta vergessen. Sie hat etwas Trauriges, Rührendes, Gutmütiges, Fassungsloses. Dabei ist sie so winzig und schwermütig. Als wäre sie an den Rand der Schöpfung gedrängt, ein gigantischer Fehler. Sie ist von allen Menschen ausgegrenzt. Sie weiß es. Ohne Zweifel. Dieses Wissen ist in das Wesen eingraviert. Jeden Ton singt Julia am Abgrund ihrer Einsamkeit. Mit jeder Geste wirbt sie um unser Verständnis.

Aber der Blick ist irgendwie intelligent. Da liegt etwas zutiefst Erfahrenes drin. Um nicht zu sagen die Seele des Betrachters Ergründendes. Es zerreißt einem das Herz. Man möchte das Geschöpf in den Arm nehmen, seinen Kopf streicheln und tröstende Worte murmeln.

In einer Zeitung steht: «Zwar hat die Natur ihr einen Körper wie anderen Frauen verweigert, Julia dafür mit Empfindsamkeit entschädigt.»

Es sei traurig, meint Julia Pastrana, anstatt mit den Menschen zusammen zu sein, so neben den Menschen herzugehen und als Missgeburt für Geld gezeigt zu werden. Ohne an ihrer Fröhlichkeit und Gegenliebe einen Anteil zu haben.

Die Verbindung von Burlesque und Abnormität stellt eine Einmaligkeit im Schaugeschäft dar. Der Coup eines Meisters. Zwei Frauen wie Schatten und Licht. Schönheit gegen Versehrtheit. Die eine zeichnet die andere scharf.

Lents Rechnung geht auf. Neben Rosies Reizen erscheint Julia noch hässlicher. Die Aktie Pastrana wird aufgewertet. Die Truppe tourt nun durch Europas Schaubuden mit einem Doppelprogramm.

Das Rösli nennt sich nur noch Rosie la Belle. So unterschreibt sie ihre Briefe.

Neben ihrem Intermezzo erfüllt sie weiterhin die Pflichten einer Dienerin. Sie mimt den Vorzimmerdrachen bei Privataudienzen. Ihr Reden ist Silber. Für nichts lässt sie sich keine Einzelheiten oder Intimitäten über Julia entlocken. Daneben arbeitet sie mehr und mehr auch als Sekretärin.

Durch das Lesen von Zeitungen hat sie im Schriftlichen eine gewisse Fertigkeit erlangt. Sie sortiert die Post. Sie schreibt Zusagen oder Absagen. Die ausgeschnittenen Artikel über *Julia das Affenweib* füllen inzwischen mehrere Albumbände. Rosie kommt kaum mit Ausschneiden und Einkleben nach.

Auch das Album *Rosie la Belle* beginnt sich zu füllen. Es enthält zwar wenig Zeitungsartikel, dafür viele Eintrittskarten für Kabaretts.

Für sich allein wäre Rosie eine schlechte Aktie. Sie würde nur in einem unbedeutenden Cabaret engagiert.

«Leider bist du nur der Abklatsch von Lola Montez, meine Rose.»

Lent haucht ein paar Rauchringe in die Luft und sticht mit der Zigarre durch die Ringe. Er weiß, wie man ihren Wert heben kann. Er preist Rosie la Belle als kultivierte Begleiterin an. Zu diesem Zweck stattet er die Kleine zur Pariserin aus. Mit dieser Garderobe kann sie sich überall sehen lassen. «Die Montez ist auch von ganz unten aufgebrochen, um nach ganz oben zu gelangen, meine Rose.»

Sie lernt schnell. Ein Naturtalent. Mit unübertrefflicher Anmut räkelt sie sich im Polster eines Séparées, beide Beine schräg zur Seite gestellt. Sie duftet, hat weiß-rosarote Paste im Gesicht und einen schwarzen Schönheitsfleck auf dem Hals. Über die Schulter hängt eine Flaumstola wie aus Schnee. Ihre halbentblößten Brüste schimmern wie Kugeln aus Porzellan. Sie hält ein Glas in der Hand, rundet den Mund, fischt die Cocktailkirsche heraus und leckt sie mit der Zungenspitze ab, dass ihr Begleiter schmilzt. Im Gaslicht flimmert bei jeder Bewegung die Jett-Stickerei auf ihrem Kleid. Das Haar trägt sie über der Stirn zum Schopf gebauscht. Diese Tolle wackelt, wenn Rosie beim Tanzen das Bein zur Decke wirft. Ein rotes Band hält über dem Schenkel den Strumpf.

Den Oberkörper zurückgeneigt, den Arm gestreckt in der Luft, zieht sie als Wolke ununterbrochen über die Tanzfläche. Und wenn sie auf die Toilette verschwindet, erwartet sie einen Zustupf für den Powderroom.

«Verehrter Waisenvater,

ich habe einen Augenaufschlag mit langen Wimpern wie eine Geiß. Und verkehre jetzt in den besten Kreisen. Ich habe Begleiter. Es sind immer Herren, die meinen Auftritt in Lents Schau gesehen haben. Denen ich aufgefallen bin. Die wichtig für meine Karriere sind. Sie flehen Mister Lent um meine Begleitung an, und mein Herr kann den Admirern seiner Schau die Bitte nicht gut abschlagen. Sie haben durchwegs ein Auftreten. Das verleiht einem Mädchen Ansehen und Glanz. Es wirkt viel älter am Arm von so einer Erscheinung in hoher Stellung. Mein Hals verströmt mit jedem Pulsschlag einen Tropfen Moschus oder Sandelholz. Meine Handschuhe reichen bis unter die Achseln. Ich bin der Wahnsinn, sagt Julia Pastrana. In einem eleganten Bogen halte ich die seidenen Fingerspitzen vor die Lippen des Begleiters. Und dann fährt die Kutsche los. Eure Rosie la Belle.»

Die Spitzen-Burlesque schilderte den Kunden von Coiffeur Betschart dieses Vie en rose en miniature. «Ich war in allen Metropolen. Ich war auch in Paris. Dort tanzte ich im *Le Chat noir*. Das war in der Belle Époque das berühmteste Cabaret. Dort traten nur die Besten auf.»

Mein Schützling hat oft ziemlich aufgedreht.

Wundert sich Betschart? Ein Hütekind der Einsamkeit hat das an sich. Es erfindet sich eine Welt nach seinem Bild. Ein Geigenstrich genügt, schon legt es los.

Rosie hat uns ein ganzes Orchester vorgegaukelt, samt Ballett, Kulisse, Blumenkörben und ein halbes Dutzend sich hebender und fallender Vorhänge. In der Damenkabine vor dem Spiegel führte sie ihren Augenaufschlag vor, der berühmt gewesen sei. Schloss die Augen, nahm einen Atemzug und riss die gebogenen Wimpern auf, um sich im Spiegel anzuglühen. Dann leerte sie ihre Keksdose zwischen die Bigoudis, Klammern und Kämme. Doch da war kein Bild von ihr. Falls es einmal eine Daguerreotypie von ihr gegeben haben sollte, so war das Unikat verschollen. Kopien gab es damals nicht. Als Rosie in unser Dorf kam, hat sie ja nur eine Handtasche und eine Keksdose bei sich gehabt.

«Alles Pfupf und Biswind!», behauptete der Coiffeur. Rosie hat ein Martinisömmerchen erlebt. Damit hat sich's. Die Galgenvögel, Faulenzer und Idioten im Armenhaus könne sie beeindrucken. Betschart nicht.

Ruhig hat Rosie das Aschehäufchen von der Zigarre auf den Boden des Salons geklopft und ihn samt seiner Kundschaft aufgeklärt. «Ich bin vierspännig gefahren. Es hat Blumen auf mich geregnet, Parfümtiegel und Herzschachteln mit Pralinen. Ganze Lorbeerhecken haben sich in meinem Hotel aufgebauscht. Ich war ein Begriff. Die pure Eleganz. Die Herren haben mir Ketten um den Hals gelegt, richtige Preziosen.»

Sie habe beide Hände benötigt, um ihnen die Größe der Hochkaräter vor Augen zu führen, behauptete der Coiffeur. Er habe Rosie gefragt, wie die Abende mit den Gentlemen endeten.

«Es war eine interessante Erfahrung. Wir haben natürlich nicht gebetet», habe die Burlesque zur Antwort gegeben und mit ihren Fingern durchs Haar gekämmt, als verhake sich darin noch eine letzte verruchte Spur jener Nächte. Dann wühlte sie im Firlefanz, der aus ihrer Keksdose gefallen war. Es gab keinen Schmuck. Der schöne Lent muss Rosie die Preziosen abgenommen haben, falls sie jemals welche besessen hatte. Nichts habe er ihr gelassen. Nur einige Rechnungen in verblichener Tintenschrift, die nie beglichen worden sind.

«War das nun der Coup, Rosie la Belle?»

Sie gab keine Antwort. Ihr Schweigen war die Antwort.

12

Am 4. September 1856 lässt eine neue Entdeckung die Welt aufhorchen. Im Neandertal stoßen Arbeiter in einem Kalkabbaugebiet auf einen über hunderttausend Jahre alten menschlichen Schädel. Er hat deutlich ausgeformte Augenwulste.

Man erinnert sich an Julia Pastrana.

Der Fund aus Neandertal schürt das Interesse an Lents Attraktion erneut. Die Kopfform weist Ähnlichkeit mit dem gefundenen Schädel auf. Vielleicht ist Julia eine Verwandte?

Eine Flut von Artikeln überschwemmt die Öffentlichkeit. Die Schau der Affenfrau schürt Interesse wie lange nicht. Mister Lent versinkt in seinen drei Posthaufen.

Die Privataudienzen sind gefragter denn je. Jeder Sonderauftritt bringt zusätzliche Einnahmen. Ein Kurzgespräch, die Bewilligung, Julia zu zeichnen, sie zu vermessen, ein Untersuch, ein Barthaar, ein Schamhaar. Je intimer und absonderlicher, umso höher der Preis, den Lent für eine Audienz verlangt.

Miss Julia richtet die Tintenkleckse ihrer Augen auf die Besucher und versinkt in Starre, damit die Zeichnenden mit ihren Stiften Maß nehmen und ihre Sicht von der Affenfrau aufs Papier übertragen können. Danach streckt sie sich den Schmerz aus den Beinen. Die Dienerin massiert die eingeschlafenen Glieder.

Aber für Erholung bleibt keine Zeit.

Kaum ist die Neuigkeit aus dem Neandertal verklungen, schon wirbelt eine andere Nachricht die Mutmaßungen über die Pastrana durcheinander. Charles Darwin wagt im Jahr 1859 endlich, sein längst verfasstes Buch *Über die Entstehung der Arten* zu veröffentlichen.

Diese Schrift entfesselt einen Sturm der Entrüstung. Einige verdammen Darwin. Doch er hat seine Theorie vom Sieg des Angepassteren gut untermauert, weil sie an Glaubenssätzen rüttelt. Manche sehen darin endlich eine Erklärung für die theologisch schwer begründbare Existenz von Leiden. Denn wenn Kampf und Wettbewerb die Grundlagen evolutionärer Veränderungen sind, dann müssen Schmerz und Leid der Preis für die Entstehung höherer Lebewesen sein. Darwin schreibt auch über Haarfrauen. Sie gelten auf der ganzen Welt als unattraktiv. Für das burmesische Mädchen Maphoon musste eine hohe Belohnung ausgesetzt werden, um ihr einen Mann zu verschaffen. Er schildert seine Begegnung mit Miss Julia Pastrana in London. «Sie tanzte spanische Tänze und war eine bemerkenswert feine Frau mit einem dicken, männlichen Bart.»

Es ist unfassbar! Darwin zählt die Pastrana nicht zu einer neuen Rasse. Er zählt sie auch nicht zu einer tierischen Vorform. Er sieht in ihr eine Menschenfrau. Eine seltene Erscheinung zwar, aber eine Frau.

Solche Nachrichten erreichen Morschach nie. Zu jener Zeit hat gerade mal der Pfarrer ein Zeitungsblatt. Die Post wird zweimal in der Woche von einem Boten von Brunnen auf die Alpenterrasse gebracht.

Nach der Veröffentlichung des Herrn Darwin geben die Besucher in Julias exotischem Audienzraum einander die Klinke in die Hand. Münzen prasseln in die Schürzentasche des Vorzimmerdrachens, um eine Intimität über die hässlichste Frau der Welt zu erfahren.

«Nimmt man ihr Wesen als Maßstab, ist Julia die Schönste der Schönen.»

«Als man sie fand, fletschte sie mit den Zähnen und hatte keine Iris in den Augen. In Amerika zeigte man sie als Bärenfrau. In England musste sie eine Affenfrau spielen. In Deutschland wurde sie zur geheimnisvollen Unbekannten. Jetzt heißt es, sie sei ein Mensch. Julia hat sich von Land zu Land in etwas anderes verwandelt. Unverändert ist nur eins geblieben: Sie ist Mister Lents einträglicher, einzigartiger Besitz.»

Die schöne Aufpasserin amtet auch als Übersetzerin. Es werden immer die gleichen Fragen gestellt.

Ob Julia die Besuchszeiten selbst regle, selbst die Besucher auswähle. Ob sie eine Ahnung hat, was die Gesprächsstunde kostet. Ob sie die Zähne fletsche, wenn ihr darnach ist.

Sie verzieht den Mund zum Lächeln.

«Ich lebte in einem kleinen Ort. Es ging mir gut. Aber Leute sind gekommen, gaben meiner Mutter Geld und haben mich mitgenommen. Mein Besitzer bekam Papiere, die ihm alle Rechte über ‹Die unvernünftige Wilde› übertragen haben und den Transport im Tierkäfig von Grenze zu

Grenze erlaubten. Ich werde seither in Schaubuden gezeigt und ziehe von Land zu Land.

Ja, ich habe mich immer gern verändert, etwas unternommen, Orte und Leute kennengelernt.

Ich bin dem Impresario mehr als eine bloße Attraktion. Ihm verdanke ich viel. Alles. Es stört mich nicht, dass er in mir eine gute Anlage sieht. Im Gegenteil, ich möchte seine beste Anlage sein. Was er mir dafür schenkt, das ist unschätzbar, Madame.

Das Größte ist die Liebe.

Der Impresario bedeutet mir alles. So wie ich ihm alles bedeute. Mes compliments, Monsieur, Madame.»

Die Gräfin Prokesch-Osten leistet sich mehrere Besuche. Während sie Notizen macht, schiebt sie ihr rosiges Mündchen vor und zurück. Sie veröffentlicht ihre Begegnung mit Julia. Diese lese gern, habe feine Menschenkenntnis und sei herzensgut. Julia plaudert, wenn jemand ihr zuhört, mit Achtung begegnet und in ihr nicht die Missbildung sieht, sondern das fühlende und denkende Geschöpf. Miss Pastrana spürt jeden falschen Ton in der Stimme der Besucher. Sie bleibt immer höflich. Aber sie lehnt sich ins Polster zurück, wenn sie nicht mehr antworten will.

Andere Besucher schildern Julia als zahm, fast zivilisiert, um nicht zu sagen häuslich. Diesem Geschöpf genügt eine Schneiderschere und eine Rolle Garn zum Glücklichsein. Julia reist gern und kocht und näht. Sie zeigt sogar Fröhlichkeit. Eine Glaskette als Geschenk erfreue sie über die Maßen. Gutmütig erduldet sie, dass Kinder an ihrem Bart reißen. Bereitwillig lässt sie sich medizinisch untersuchen. Erweitert freudig ihre eigenen Kenntnisse. Zeigt geradezu einen Hunger nach Wissen. Man kann wohl mit Recht behaupten, dass Julia zufrieden, ja sogar glücklich ist mit ihrer Situation.

Miss Pastrana spricht über die Liebe.

Die *Gartenlaube* veröffentlicht den Sketch eines Herrn König. Darin spricht Julia angeblich über Reisen, Erfahrungen und Pläne. Sie habe unzählige Heiratsangebote erhalten. Über zwanzig Verehrer habe sie abgewiesen, weil diese ihr nicht reich genug waren. Sie gebe ihre Hand nur einem reichen Verehrer.

Ihre Einkünfte müssen alles übersteigen, was sich ein gewöhnlicher Mensch vorstellt. Doch dieses im Grund wohlhabende Wesen hat keine Ahnung, welche Einkünfte die Vorführungen, Interviews, Plauderstunden und Untersuchungen einbringen. Noch kennt es den Wert des Geldes. Es hat im ganzen Leben noch nie über Taschengeld verfügt. Wozu? Ihr Promoter kümmert sich um alles. Er macht gute Geschäfte mit der Abnormität. Er muss einer der reichsten Männer von Europa sein.

Das Publikum ist Julias Albtraum.

Studenten, mit einem Aufsatz von Brehm unter dem Arm.

Zeichner, die Maß nehmen an der Länge ihres Barts.

Forscher, die an ihren Haaren reißen.

Leute, die mit Fingern auf sie zeigen oder affige Grimassen schneiden.

Männer, die vor dem Käfig heimlich die Hose aufknöpfen.

Die Zurschaustellung ist für eine Sondererscheinung nicht der Himmel auf Erden. Auch nicht für ihre, sie durch Jubel und Gespött begleitende Dienerin. Es werden da und dort während einer Vorführung Debatten über die Echtheit der Affenfrau geführt. Lent kann und will die Zweifel nicht zerstreuen. Er feuert den Tumult an. Das Geschrei und Gezänk endet mit der Frage, ob die Zugabe von Rosie la Belle notwendig ist.

«Muss dieser Sittendreck sein?»

Ein Pfeifkonzert beginnt. Die Schau muss abgebrochen und Julia Pastrana in Sicherheit gebracht werden. Als Rosie mit Miss Julia aus dem Zelt flüchtet, stehen schon Besucher am Ausgang Spalier. Die Dienerin nimmt die Affenfrau bei der Hand, sie sind gezwungen, das Spalier zu passieren. Besucher spucken ihnen vor die Füße. Hinter ihnen löst sich der Menschenzaun auf, um sich am Ende zu verlängern. Fortwährend rennen Aufgebrachte ans Spalierende, um noch einmal zu spucken. Wie von Fäden bewegt, gehen Rosie und Julia durch diesen Spalier. Er ist endlos. Ein Bußweg.

«Du verlierst mit jedem Schritt ein Stück Stolz und Begeisterung, Armenvogt. Am Ende des Spaliers willst du die Welt nicht mehr erobern. Du willst nicht mehr dazugehören. Du durchschreitest den Ausschluss.»

Ich habe Rosie getröstet. Sie hat die Lächerlichkeit riskiert, um ihren Stern an den Himmel zu kleben.

Sie klebte ihn hin. Tagtäglich. Immer neu. Es ringt mir Achtung ab.

Ich, der Immoos-Toni, habe niemals einen Stern gesetzt. Nirgendwohin. Ich drehe meine Runden, wie es mein Amt verlangt. Nie habe ich die Leidenschaft kennengelernt. Ich habe in der Kämlezenkapelle darum gebettelt. «Sankt Nikolaus, verbrenne mich einmal, ein einziges Mal mit einer Leidenschaft! Gib mir eine Raserei!»

Aber nichts.

Rosie hat nach meinen Perlen gefragt. Seither denke ich unentwegt darüber nach. Was bewegt den einen Menschen, Ausschau nach Perlen zu halten, den andern nicht. Rosie ist den Weg des Elends gegangen, statt in Bitterkeit zu versinken, hat sie nach Perlen Ausschau gehalten. Doch welche einzigartigen Momente habe ich aufgehoben und aufgefädelt?

Meine Tage sind eine gleichmäßige Kette. Der größte Genuss, den ich kenne, ist das Lesen der Dokumente, die man mir anvertraut. Es sind Perlchen. Nicht der Rede wert. Ich erinnere mich an keine Unbesonnenheit. Ich bin nicht einmal sicher, ob ich den Muskel im Brustkorb überhaupt als Herz bezeichnen soll. Die einzige Bewegung, die mir die Tage schenken, das ist das Kreuzen der Schiffe auf dem See in der Tiefe.

Natürlich kam Rosie da für mich wie ein Geschenk des Himmels. Wenn sie ihre Kolossalgemälde in die Luft pinselte, spürte ich, dass es im Leben viel mehr an Fülle, Kraft, Wissen und Leidenschaft geben muss, als ein Armenvogt in seiner Einsamkeit aus Büchern und Dokumenten herauslesen kann.

Rosie schrieb in ihren Briefen an den Waisenvater kein Wort von dem Tal, das sie innerlich durchschritten hat. Sie schreibt:

«Verehrter Herr Waisenvater,

Noch bin ich keine Spitze. Ich stehe erst am Anfang. Ihr müsst Geduld mit mir haben. Eure Rosie la Belle.»

Er muss Geduld haben. Er ist für sie der einzige Mensch auf der Welt, von dem sie denkt, dass er an sie glaubt. Sie meint, er hoffe mit aller Kraft auf Rosies Erfolg. Sie will ihn nicht enttäuschen.

Nachts in der Bettenburg von Julia sieht sie den Waisenvater unermüdlich durch sein Alpendorf tigern, damit er dem Postboten, wenn dieser auftaucht, die Nachricht vom großen Erfolg entreißen kann. Was aber tut dieser? Er schwingt die Pflasterkelle über den Briefen des abgeschobenen Verdingkinds Rösli.

Und der schöne Mister Lent lässt sich durch die Nächte kutschieren. Wer weiß, wohin?

Rosie bleibt in den nächsten Monaten ein Zirkusentree, weiter nichts. Die miserable Aktie des Geschäftsmanns Lent kommt nie in einem Maß in Schwung, wie er es sich erhofft. Sie ist nicht einmal der Abklatsch von der Montez. Es war keine gute Idee, sie hier als die verjüngte Göttliche herauszubringen. Nicht nur das viktorianische England verabscheut die Montez. In Deutschland sind die Turbulenzen, die diese Dame auslöst, noch lange nicht überwunden.

Als Begleitung von vermögenden Herren bringt Rosie einiges ein. Manchen ist sie zu jung, zu unerfahren, die wünschen eine Vollblutfrau. Aber viele sind entzückt von ihrer Frische und ihrem Strahlen. Mit diesen vereinbart Lent eine Verabredung. Er steckt Rosie Zettel zu. Darauf stehen Ort und Zeit und Robe für das nächste Rendez-vous. Andere Einzelheiten sind Rosie nicht bekannt. Pünktlich steht sie bereit. Pünktlich holt eine Kutsche sie ab.

Wenn Rosie von ihrem Ausflug zurückkehrt, schaut er nie von der Zeitung auf. Er schiebt hinter seinem aufgefalteten Blatt die offene Hand in die Luft. Rösli legt Geld in den Handteller. Die wallenden Finger fordern mehr. Die Herausgabe der Preziosen.

«Was soll aus mir werden?», fragt Rösli die Gefährtin. Nicht einmal die Fürbitten des Waisenvaters nützen. Im Leben der Frau Waisenmutter mag es viele Türen und unzählige Möglichkeiten gegeben haben. Sie war eine angesehene Frau und hatte die Qual der Wahl. In Röslis Leben gibt es nur ein Labyrinth. Es ist endlos, und nirgendwo ist eine Tür.

Julia meint, es sei sinnlos, als Burlesque aufzutreten. Vor allem, wenn du nicht Spitze bist und bloß als Entree und Nebenattraktion mittingelst. Dagegen ist es sinnvoll, als Affenfrau aufzutreten. Für viele Leute ist der Tag ein Elend. Beim Anblick von noch Elenderen finden sie Trost. Darum ist es sinnvoll.

Solch komplizierte Zusammenhänge erkennt Julia Pastrana. Sie versetzt Rösli in Staunen. Immer wieder.

«Sie hatte so viel inneres Wissen, die Pastrana.»

Man munkelt, dass Impresario Lent beabsichtigt, seine Julia Pastrana zu verkaufen. Dieses Gerücht trifft mit einer Verschlechterung der wirtschaftlichen Situation in Europa zusammen. Die englischen Eisenbahnaktien stürzen, sinken ins Bodenlose. Lent verliert ein Vermögen.

Er nimmt es gelassen. Für einen Jongleur von Rauchringen ist dies eine Lappalie unter den abertausend Lappalien eines Lebenslaufs.

Seine beste Karte ist die Weltsensation.

Das Gerücht über den möglichen Verkauf bringt Bewegung ins Schaugeschäft. Es heißt, Lent sei am Boden. Auch ein Mann, der seinen Schwindel mit Ausrufezeichen und seine Wahrheit mit Fragezeichen ergänzt, steige nicht unbeschadet aus jeder Katastrophe. Die erwachten Investoren nutzen die Gunst der Stunde. Sie sprechen beim Impresario vor. Sie wollen zu Miss Julia. Sie wollen sie persönlich sprechen.

Miss Julia sei müde, lässt Lent ausrichten.

Man wünscht zu warten. Man habe Zeit.

Fürs Geschäft sei er zuständig, ihr Besitzer.

Niemand sei jemand anderes Besitzer. Die Zeiten haben sich geändert. Julia ist ein Mensch mit Rechten.

Nicht solange Lent das Sagen hat. Er habe Julia teuer bezahlt. Dort ist die Tür!

Lent zupft das Seidentuch in seinem Morgenmantel in Form, denn der hartnäckigste der Investoren lässt sich nicht abwimmeln. Die Höhe seiner Offerte für Julia Pastrana übertrifft die Erwartungen des Geschäftsmanns Lent. Er würde sich zur Ruhe setzen können. So viel Geld kann er nie im Leben aufbrauchen. Nicht beim splendidesten Lebensstil. Samt seiner blutjungen Burlesque.

Mit der zusammengeknäuelten Gerte klopft Lent an die Seide seines Morgenmantels.

Lents Exponat sei kein Kassenfüller mehr, meint der Investor. Viel werde über seine Attraktion geschrieben. Zu viel. Die Pastrana wird zerpflückt. Selbst eine Ausnahmeerscheinung wie sie kann langweilen. Die leeren Plätze im Auditorium bleiben nicht unbemerkt. Bald tritt sie auf vor leeren Rängen. «Nichts ist von Dauer, Verehrtester. Der Erfolg nicht, der Reichtum nicht und noch weniger der Ruhm. Heute eine Sensation. Morgen eine Alltäglichkeit. Übermorgen verlangt sie die Herausgabe ihres Eigentums.»

Lent steckt einen Finger unter den Kragen, um ihn zu lockern. «Ich müsste verrückt sein. Niemand kann den Preis bezahlen für den Namen, den ich der Pastrana geschaffen habe. Diese Aktie wird weiter steigen.»

«Sie sinkt, Mister Lent. Und Ihr Stern verglüht zusammen mit der Pastrana. Schon morgen kann es zu spät sein. Ihr Risiko steigt mit jeder Stunde. Sie spielen russisches Roulette.»

Lent bleibt hart. Der Investor bittet wenigstens um Übermittlung seines Briefs an Miss Pastrana. Diese wünscht Kontakt mit einem Freier. Miss Julias Wille müsse respektiert und ihr Wunsch erfüllt werden. Miss Pastrana kann alles durchsetzen. Auch die Herausgabe des Vermögens. Sie muss eine der reichsten Frauen sein. Kann heiraten, wann sie will, wen sie will. Oder sich ein Haus im Grünen kaufen. Oder Lent aus sonst einer Laune heraus verlassen. Mit oder ohne seinen Willen. Die Pastrana ist frei.

Lent stiert den Mann an. «Wo ist der Wisch?» Seine Peitsche zielt genau auf die Hand, die den Umschlag hält.

«Sie verweigern ihr die Rechte?» Falls Lent ihr vor dem Glück steht, wird die Presse über ihn herfallen und ihn in der Luft zerreißen. Die Herren Redakteure würden ihr in aller Öffentlichkeit Gehör und Geltung verschaffen. Jedermann hat das Interview in der *Gartenlaube* gelesen. Kein Investor wird zögern, Miss Pastrana den Hof zu machen. Irgendeiner schwenkt vor ihr ein Vertragspapier und lässt Julia unterschreiben.

«Wir reden offen, Mister Lent: Sie ist eine goldene Gans.»

Lent schließt sich in sein Büro ein.

Solche Bemerkungen rieseln nicht an ihm herab. Dazu ist er zu klug, zu gerissen, zu wendig.

Sein in England angelegtes Vermögen ist wegen der Überproduktion geschrumpft. Nun fallen auch die deutschen Aktien für Dampfmaschinen. Die Wirtschaftskrise weitet sich aus. Die Industrie beginnt zu kriseln. Kapital zerbröselt zwischen den Fingern zu Staub.

Aber das Geschäft mit Freaks läuft gut. Die Pastrana gilt noch immer als außerordentliche Abnormität. Trotzdem ist das Auditorium nicht bis auf den letzten Platz besetzt. Ihr Auftritt reißt das Publikum nicht mehr vom Sitz. Die Pastrana hat den Höhepunkt erreicht, vielleicht gar überschritten. Deutschland hat diese Abnormität gesehen, studiert, besprochen und Abhandlungen in gewaltigen Auflagen übers Land verstreut. Julia Pastrana hängt in allen Aborten. Jeder wischt sich damit den Arsch.

Als Theodor Fairchild Lent am nächsten Tag die Flügeltür seines Audienzraums auseinanderklappt, ist er in bester Laune. Die Redakteure treffen einer nach dem andern ein. Lent setzt sich auf den Thron, legt die Arme auf die Lehne und wartet auf die Meute. Mit Schreibblock und Stift teilen die Herbeigeeilten das Dickicht der Pflanzen, kämpfen sich durch Vogelkäfige, Palmblätter und Blütenzweige bis zum Rand der Bühne durch, um die versprochene Neuigkeit zu vernehmen.

Der Impresario zwirbelt die Enden seines Schnauzbarts, lässt den Goldbrocken in einer Lichtscherbe aufleuchten und klöpfelt mit den Fingern auf die Schnitzerei. Er sagt: «Ich liebe Julia Pastrana.»

Ein Satz. Kurz, klar, unmissverständlich. Es ist der bezauberndste und beeindruckendste Satz, den er je geäußert hat. Lächelnd horcht Lent dem Klang nach. Als das Raunen verebbt, sagt er: «Wir heiraten.»

Nach dieser Ankündigung köpft er ruhig eine Zigarre und lehnt sich ins Polster zurück, um die Wirkung seines Einfalls zu genießen. Eine Weile ist nur das Kritzeln der Schreibstifte zu hören. Lent durchsticht mit der Zigarre Rauchringe, wie immer, wenn er Ungeduld und Langeweile empfindet.

Die Leserschaft ist begeistert von diesem Liebespaar. Impresario Theodor Fairchild Lent, der Traum von Frauen, heiratet die hässlichste Frau der Welt. Ein Märchen. Die Schlagzeile der Heirat fegt die Wirtschaftskrise von den Frontseiten. Die Hochzeit rückt in den Mittelpunkt. Julia und Theodor sind das Paar des Jahres.

Er zeigt sich mit ihr in der Öffentlichkeit. Er legt ihr den Halsmantel um, nimmt ihn ihr ab. Ein Verlobter von äußerster Sanftheit. Sie trippelt wie ein braves Kind neben Lent her, verschämt und unauffällig.

Der Freak, heißt es, wünsche ein Haus mit Garten. Und viele Kinder. Theodor kaufe Silberbesteck. Julia besticke die Tischtücher mit Schmetterlingen. Bei Lents flattern künftig beim Essen Schmetterlinge über den Tisch. Wie bei gewöhnlichen Leuten.

«Sie erwidert meine Gefühle», sagt er.

Solch ein Wunder, sie verdiene es nicht, meint Julia Pastrana. Ein so seltenes Glück. Kaum zu fassen.

«*He loves me for my own sake.*» Sie nickt feierlich, senkt die fahlen Lider und legt die Hände ineinander.

Rosie ist von diesen Neuigkeiten überrumpelt.

Das Datum der Hochzeit wird geheim gehalten. Die Presse ist bei dieser Trauung nicht zugegen. Nicht einmal die Dienerin. Eine Heiratsurkunde bekommt Rosie nie zu Gesicht. Die Attraktion heißt jetzt Julia Fairchild Pastrana, Ehefrau von Theodor Fairchild Lent.

Vielleicht gibt es diese Trauung, vielleicht auch nicht.

Zumindest existiert ein Papier. Und ein Amt hat einen Stempel darauf gehauen. Dieses gibt dem Gatten das Verfügungsrecht über Julia. Erlaubt die Zurschaustellung. Erlaubt die Verwaltung und Nutzung ihres Vermögens. Erlaubt die medizinische Nutzung.

«Mister Lent konnte sich alle Papiere beschaffen», berichtete mir Rosie. «Bei Bedarf hat er diese Papiere vorgelegt.» Nach der Heiratsurkunde könnte das Paar bereits in New York getraut worden sein. Kurz nach Lents Erwerb der Bärenfrau.

Mister Lent hat nie etwas angetönt. Er hat Julia wie ein Haustier gehalten. Ein menschliches Wesen war sie für ihn nie. Ist sie wirklich seine Frau? War sie schon seine Frau, als er in der Manege seine Hose aufgenestelt und Rosie überwältigt hat, in Anwesenheit seiner verzweifelten Gattin?

Legt er sich jetzt in den Nächten neben seine reglose, eingeschüchterte, verkrampfte Affenfrau? Sie unterwirft sich. Sie hat nie etwas anderes getan. Kann sich nicht einmal vorstellen, etwas anderes zu tun. Sie wagt ihn kaum zu berühren, kaum zu atmen. Gibt keinen Laut von sich aus Angst, dass er sie für ein keuchendes Vieh halten und verachten könnte. Vielleicht ist es ihm gleichgültig, dass sie erstarrt bei ihm liegt, wenn nur ein Sprössling zustande kommt.

Tatsächlich ruft Mister Lent den Tiger nicht mehr in sein Zimmer.

Von einer Sekunde zur andern erlöschen die Goldsprenkel im Moos. In Rosies Augen ist Nacht. Sie fasst den Plan, das Paar zu verlassen.

Doch wohin gehen? Sie ist vierzehn. Ihre Begleiter haben ihr keine Adresse hinterlassen. Wozu? Sie zieht ja von Ort zu Ort. Im Kleidsaum stecken einige Münzen. Für die Reise nach Morschach reicht das Geld nicht. Geschweige für die Überfahrt nach Amerika.

«Ich habe geweint», erzählte mir Rosie. «Wie noch nie in meinem Leben.» Eine Sturzflut sei über sie gekommen.

Sie weint, weil sie nicht Theodor Fairchilds Donna assoluta ist. Weil der schöne Mister Lent so nah und unerreichbar ist, und sie sterben wird, wenn er sie nie mehr in die Arme nimmt, denn dann wird sie nie mehr etwas so Schönes erleben. Sie weint, weil er ihr nie gehört hat und ihr auch nie gehören wollte. Sie war ein Amüsement.

Sie weint, weil der Kummer lang ist und die Seligkeit kurz. Weint auch über die netten Herren, mit denen Mister Lent sie ins Séparée schickt, weil sie ihr leider nichts bedeuten, obwohl sie aus tiefstem Herzen wünscht, dass sie ihr etwas bedeuten. Sie weint, weil man sie nach Laune schicken oder als Tiger auf Knien kuschen lassen kann. Sie weint über die ewigen Reisen, das Koffergeschleppe. Und nie eine richtige Ankunft. Das honiggelbe Amerika nur im Kopf, verlassen vom Treck, keine Post, sich verschleißend für Preziosen, damit Mister Lent «O honey» sagen und die Hochkaräter in Industrieaktien tauschen kann.

Sie weint, weil sie immer angestrengt auf ihren Moment

wartet, der gerade acht Minuten dauert, und über das laue Klatschen des Publikums beim Ausüben ihrer Kunst, so dass sie den Waisenvater nie mit Erfolgsmeldungen überschütten kann. Sie weint, weil in keinem höheren Plan vorgesehen ist, dass ein Rösli von der Fronalp einmal etwas Besonderes sein wird. Es ist geboren, um eine Abnormität zu begleiten, deren Bart zu kämmen, eine Rüschenwolke über ihre Hüften zu drapieren, falsche Juwelen umzulegen, danach dem Impresario das Fußbad zu richten und die Schnauzbinde im Nacken zu verknoten.

Einst hat sie auf der Fronalp in den Himmel gejubelt. Jetzt sind ihre Hoffnungen wie gläserne Perlen am Boden zerplatzt. Eine um die andere. Sie weint um die schönen Perlen. Es ist schwer, ohne eine Glasperle zu leben. Ganz ohne einen Traum.

Sie weint, weil sie bleibt und nicht die Kraft hat zu gehen. Die Gefährtin braucht sie nun mehr denn je.

Sie weint, weil niemand für sie ein Lied singt, das den Himmel über ihr weitet.

Sie weint ohne Ende.

In Wien mietet der Impresario ein Haus, wie Julia es sich immer gewünscht hat. Es gibt darin eine Küche, in der sie kochen und einen Garten, den sie bepflanzen kann.

Den ersten Stock nutzt Mister Lent. Dort wird sein Büro eingerichtet. Den Salon nutzt er für Audienzen. Im zweiten Stock sind die Küche, ein Esszimmer und der Schlafraum von Mister Lent. In den Mansarden des dritten Stock quartiert er die Pastrana und deren Dienerin ein.

Kaum sind die Koffer ausgepackt, schließt er die Fensterläden. Er möchte nicht, dass sich die Leute an den Anblick seines Schaustücks gewöhnen. Nur als Rarität bringt Julia Pastrana Rendite. Rosie darf die Schieber des Fensterladens nur öffnen, um beim Rüsten und Kochen eine Spalte Tageslicht in der Küche zu haben.

Lent gibt den Auftrag, nach dem Essen Julia in ihre Kammer zu schließen.

Auch die Haustür ist zu verriegeln.

Kein Aufenthalt im Garten. Keine Blumenbeete. Keine Bank unter einem Baum. Man wird auch keine Samen oder Blumenzwiebeln kaufen. Das wäre Verschwendung. Bis Blumen und Kräuter blühen, wird Lents Truppe weitergereist sein.

«Näh ein bisschen!»

Julia soll sich an Stickblumen erfreuen! An ihren gehäkelten Schmetterlingen. Sie soll sich einen Urwald aus Garn zusammenhäkeln. Sie beschäftigt sich doch immer mit Winzigkeiten, die man in einer Kammer ausüben kann und für die man eine Lupe braucht. Julia beschäftigt sich mit einem unsäglichen Nichts.

Er wirft sein Haar zurück und stürmt hinaus.

Seine Attraktion steckt den Spannrahmen weg. Stickt nur noch während der Schau. Zum Zeigen, dass ein abnormes Wesen auch sticken kann.

Ihr Leben im Halbdunkel beginnt.

Die Sonne sieht Julia bloß als das Wandern einer Ritze von einer Zimmerecke zur andern. Nur für die Dauer der Vorführung tanzt sie durchs Licht der Manege. Eine fröhliche Schimpansin mit Tirolerhütchen, Trachtenkleid und Zottelsocken an den haarigen Beinen, das zur Freude des Publikums Schuhplattl tanzen kann.

Sie überbietet trotz ihrer Müdigkeit die Erwartungen des Publikums. Ihr Anblick ergötzt. Sie ist eine Goldmine im Vergleich zu anderen Kuriositäten.

Nach der Vorführung senkt sie den Schleier über ihre eingesunkenen, glanzlosen Augen. Der Gatte verfrachtet sie in die wartende Kutsche. Zusammen mit der Dienerin wird sie in der still gelegenen Gasse vor der Gartentür abgeliefert.

«Warum steigst du nicht aus dem Schaugeschäft, Julia?»

Rosie kann ihr mit Mister Lents Rasiermesser den Bart entfernen. Ein Zahnarzt kann ihre Zähne richten. Es gibt Puder und Salben. Julia muss sich nie wieder verschleiern, kann gehen, wohin sie will. Tun, was sie will. Sie ist reich. Sie könnte Mister Lent um ihren Anteil bitten. Ein Haus im Grünen kaufen. Lebende Schmetterlinge aus Kokons züchten, auf Bällen tanzen. Als achtunggebietende Frau durch den Rest ihrer Tage gehen. Als Mensch unter Menschen.

«Wir könnten zusammen weggehen, in einem eierschalenfarbenen Kleid mit Biesen am Latz und luftigen Volants am Saum. Mit einem über dem Kopf wippenden Federnest und Blütengarten promenieren wir durch die Allee. Was sollte Mister Lent dagegen haben?»

«Er wird nicht zuhören, Rosie la Belle.»

Er hat noch nie zugehört. Julia redet, er hört nicht zu. Es sollte traurig stimmen. Doch Worte, die kein Ohr finden, nimmt der Wind. «Blumen, die du in die Luft wirfst, Rosie, nimmt der Wind. Nichts geht verloren. Irgendwann pflückt irgendwer unsere Worte und unsere Blumen aus dem Wind.»

13

Julia Pastrana beginnt zu kränkeln. Sie ist zu zerbrechlich, um vom Meister aufs Bett geworfen zu werden. Er spuckt über die Schulter, wirft die Tür ins Schloss und verbringt die Abende außer Haus. Rosie la Belle hat die von Mister Lent abgesprochenen Termine wahrzunehmen.

Miss Julia muss allein zurechtkommen.

Vor dem Spiegel bindet sich Rosie in Eile das flirrende Korsett um, schmiert sich ihre Paste ins Gesicht, den dünnen Hals vorgestreckt, malt einen Schönheitsfleck auf den Hals, ringelt Locken, pudert ihre Haut, setzt das Wagenrad von einem Hut auf und besprüht das Dekolleté mit Moschus und Sandelholz. Sie tritt an Julias Bett.

«Sing uns die Melodie von deiner Mutter, ehe ich gehe.»

Julia sammelt allen Kummer der Welt und verwandelt ihn in Klang. Die Melodie sprengt die Kammer und füllt Rosies Nacht. Julia singt das Lied für Frauen wie sie. Danach rauscht Rosie la Belle hinaus. Die Kutsche wartet. Ein Herr. Ein Séparée.

Sie kehrt spät zurück.

«Erzähl!», verlangt Julia. Sie stützt sich mit dem Ellbogen aufs Bett. Erbrochenes füllt eine Schüssel. Rosie erzählt von einem Spaziergang unter Linden in der Abendbrise, dem Duft der Blüten, einer Kapelle im Musikpavillon, von tanzenden, lachenden, eleganten Damen!

Rosie schwindelt. Julia weiß es. Die Bäume sind jetzt kahl. Es ist kalt, es regnet, keine Kapellen spielen in Pavillons. Julia lehnt sich ins Kissen zurück, lächelnd, weil Rosie für sie eine Welt erschwindelt, die schön und freundlich ist und von glücklichen Menschen erfüllt.

Julia meint, diese Spaziergänge von Rosie, diese Promenaden am Arm eines Kavaliers würden ihr auch gefallen. Julia sagt, dass sie sich nichts Berauschenderes vorstellen könne als Serenaden im feuchten Hauch der Nacht. Und im Gaslicht der Laternen flimmern Myriaden silberner, geflügelter Insekten. Doch sie kann sich solche Ausflüge nicht leisten. Eine, die so abseits von allen Menschen steht, darf nicht einmal daran denken.

«Und dein Begleiter, Rosie? Hat er dir gefallen?»

Er war wie alle.

Julia begreift. Er war freundlich, zudringlich, gierig und in Eile.

Aber es gibt ab und zu eine flüchtige Begegnung wie im *curierten Meyer*. Ein junger Mann taucht auf, man schaut sich in die Augen, der Herzschlag setzt aus. Doch dann fällt Rosie ein, dass sie in einer Freakshow auftritt und mit Gentlemen in Séparées sitzt. Dass sie einen Makel verschleiert, wie Julia im Theaterstück. Es würde im Leben enden wie im Stück. Verehrung wandelt sich in Abscheu. Immer fällt Rosie dieses Stück ein. Dann rennt sie fort.

Julia legt den Arm um ihre Dienerin. Sie sagt, sie verstehe.

Die hässlichste Frau der Welt versteht, was niemand sonst versteht.

Julias Auftritte im Pratermuseum gehen zu Ende. Vergeblich sucht der Impresario nach anderen Möglichkeiten. Die Wochen vergehen ohne Zusage für ein Engagement. Das Krollsche Etablissement, das bisher Abnormitäten gezeigt hat, verwandelt sich in ein Operntheater. Dort wird nun rezitiert, gesungen und Theater gespielt.

«Unser Haus ist eine Stätte der Kunst und Bildung.» Der Impresario von Abnormitäten nimmt es zur Kenntnis. Viele Etablissements schließen. Oder zeigen Kunst. Er promotet keine Künstler und kann den Etablissements nichts bieten, das sie zeigen möchten. Er hat nur Julia, und die kommt außer Mode.

Seine Aktie sinkt auf den Tiefstand.

Lent wird streitlustig und übellaunig. Doch Julia entschuldigt ihn immer. «Er kann nichts dafür. So ist er. Es vergeht.»

Aber es vergeht nicht. Seine Launen halten an. Es gibt tausend Gründe für seine Wut. Ihn stören schon das Plätschern der Stimme seiner Belle oder das Klirren von Julias Häkchen bei der Handarbeit. Er reißt die Kammertür auf, mitten in der Nacht, und jagt seine Attraktionen aus der Bettenburg. Furios schreitet er ihnen in seinem seidenen Gehrock zum Büro voran, das Wellenhaar im Netz, den Schnauz unter einer Binde und Stickpantoletten an den Füßen. Hinter seinem Schreibtisch stützt er sich mit ausgebreiteten Armen auf die eisenfarbene Platte, die von vier geschnitzten Kolossen getragen wird und die halbe Fläche des Büros füllt. Er schreit seinen Frauen ins Gesicht.

«Ihr bringt nichts ein!»

Brüllend fegt er sein Tintenfass zu Boden.

Sie wollen nichts als sich amüsieren. Plaudern, reisen und die besten Happen in sich hineinstopfen. Sie sind das Verlustgeschäft seines Lebens. Sein Ruin. Nicht einmal den Einsatz wert. Selbst die Papageien waren besser.

Er schreit immer dasselbe. Jetzt ist Schluss mit Hätscheln und Mästen und dem ganzen Firlefanz. Sein Hals ist dick und rot und von Strängen durchzogen. Er schnappt nach Atem und lässt sich in den Bürostuhl fallen.

Julia senkt den Kopf. Ihr Blick würde ihn noch mehr erzürnen. Er gibt seiner Wut ihr Gesicht. Warum? Sie ist immer freundlich, immer bemüht, es ihm recht zu machen. Sie betet seine Worte nach. Sie stimmt ihm in allem zu. Fast allem. Bis auf Rosies Burlesque. Aber sie kann ihm nichts recht machen.

Hasst er sie?

Sie ist seine Existenz, er hat alles auf sie gesetzt und kann sie nicht auf die Straße stellen. Nun ist sie da, tagein, tagaus. Nicht zu verscheuchen. Sie kommt ihm mit ihrer Hässlichkeit vor Augen, hängt sich an seine Hand, steht im Weg mit ihrem Tellerkleid, ihrem Grinsen und ihrem Putz. Er stolpert über ihre Handarbeiten und Requisiten. Er stolpert über die Köfferchen ihrer Ärzte. Ihre matten Augen flehen ihn an, dass er diesen Kelch an ihr vorübergehen lasse. Die Ärzte samt ihren Instrumenten von der Bildfläche zaubere. Mit ihr soupiere. Die Rose nicht mehr berühre. Sie flehen um weiß Gott was. Ihre Tränen benetzen seine Hand. Ihr Gewimmer dringt durch die verschlossene Tür, wo Redakteure lauern.

Sein Werk. Es lahmt und welkt. Es verdirbt ihm unter der Hand.

Lent ist machtlos. Zum ersten Mal in seinem Leben. Die Zügel entgleiten seinen Händen. Das bringt ihn zur Weißglut, und er bedauert sich.

Julia beklagt sich nie. Wenn Lent sich beruhigt hat und sie in ihre Kammer zurückkehrt, nimmt sie einen Schmetterling aus ihrer Keksdose und bestaunt die zarte Schönheit.

Immer öfter legt sie sich nach den Audienzen nieder.

Er treibt sein kränkelndes Schaustück aus dem Bett.

Der Mann, für den sie sich in ihrer Hässlichkeit zeigt. Für den allein sie überhaupt aus dem Schutz des Käfigs tritt und das bärtige Gesicht in den harten Lichtkreis hebt. Der ihr ins Maul hineingreifen und dem Publikum das schreckliche Gebiss zeigen darf. Für den sie atmet. In guten wie in schlechten Tagen.

«Ihr ist übel, Mister Lent.»

«Ihr ist immer übel, meine kleine Rose!»

Es wird bekannt, dass Tierhändler Lent kein gutmütiger und freundlicher Mann ist. Er halte Julia wie ein Tier. Schotte sie vollkommen von der Außenwelt ab. Sie dürfe keinen Kontakt mit anderen Menschen haben, nur in seinem Beisein sprechen und nur die vorgesagten Sätze nachplappern. Die Nachbarn hätten die Abnormität noch nie zu Gesicht bekommen. Zum Haus gehört ein Garten, doch die Pastrana trete nie ins Freie.

Es wird verbreitet, dass Julias Eltern dem Impresario ihre Tochter anvertraut hätten, weil er versprach, sie nie vorzuführen. Er werde mit ihr keine Schaustellerei betreiben.

Solches wird von allen zur Schau gestellten Abnormitäten behauptet. Ihre Impresarios seien geldgierige und mitleidlose Sklavenhalter. Schon vom berühmten Haarmenschen Gonzales wird behauptet, dass er seine haarigen Kinder vor dem eigenen Schicksal habe bewahren wollen. Dies ist ihm nicht gelungen. Die adligen Eigentümer hatten andere Vorstellungen von Besitz.

Es heißt: Auf der Zunge von Mister Lent rutsche man aus.

Anatome sind seine besten Geschäftsfreunde. Die wetzen schon die Seziermesser. Am liebsten wäre ihnen eine

Leiche wie die Pastrana auf dem Seziertisch, um sie bis zum letzten Knöchelchen zu skelettieren und die ausgeweideten Innereien in Spiritus zu konservieren. Die ziehen zwar vor, Freaks als Ganzes zu verarbeiten. Die Methoden der Anatomen sind nicht gerade zimperlich, wenn es gilt, sich in den Besitz eines überdimensional großen Penis zu bringen oder eine Leiche wie den Riesen Charles Byrne zu beschaffen. Gemäß dem sogenannten Monster-Erlass müssen alle Missgeburten gemeldet werden. Sie gehören den Kuriositätenkabinetten. Dort werden sie in Spiritusgläsern für die Nachwelt konserviert.

Die Abnormität von Julia erhält einen medizinischen Namen. Hypertrichosis Lanuginosa. Dies sei eine sehr seltene Störung in der Entwicklung, ein langes Leben sei der Betroffenen nicht garantiert.

Trotzdem mute der Impresario seinem Exponat unzählige, sinnlose und schmerzhafte Untersuchungen zu. Er zwinge Julia, diese zu erdulden. Obwohl es keine Hilfe für ihre Krankheit gebe und Herr Fairchild Lent wohl auch kein Interesse an einer Veränderung habe, denn eine solche käme der Vernichtung seiner Aktie gleich.

Der Preis für eine medizinische Untersuchung von Julia Pastrana ist nicht unbedeutend. Lent erzielt mit seiner Unterhaltungsschau nicht annähernd diese Summe. Er spricht nie von Julia als seiner Gemahlin. Sie ist das Wesen, das Phänomen, sein Fund. Er habe Julia teuer bezahlt. Sie bringe ihm seine Ausgaben nicht annähernd zurück.

Die medizinischen Untersuchungen laufen immer auf dieselbe Weise ab. Das Exponat wird in die Akademie für Medizin und Naturwissenschaft überstellt. Der Anschauungsunterricht findet in einem Saal vor versammelten Studenten statt. Julia muss sich ausziehen. Ihr Anblick löst Gelächter aus, ein Geschnaube des Abscheus, Kopfschütteln, spöttisches Grinsen und Blicke des Erbarmens. Sie wird mit kalten Fingern abgetastet, gedrückt, gequetscht, Bart- und Schamhaare werden ihr ausgerissen. Der Abstand ihrer Brustwarzen wird gemessen. Man lässt sie das Maul aufsperren. Man mustert ihre behaarte Hand mit den rosigen Fingernägeln.

Sie studieren Julia wie das Innere einer Uhr.

Schmerzen interessieren nicht. Oft steht sie stundenlang nackt und fröstelnd in einem Schausaal, abgeweidet von den Augen halbwüchsiger Studenten. Einmal herrscht ein Mediziner sie an, weil sie mit den Zähnen klappert. Er habe für die volle Stunde bezahlt.

Julia wird beschrieben.

Miss J.P ist 4½ rhein. Fuß groß, hat sehr breite Schultern, ist üppig entwickelt. Hände sehr hübsch. Füße regelmäßig. Extremitäten im Allgemeinen normal. Kopf bedeckt mit dichtem, glänzendem, schwarzem Haar. Gesicht und Körper ebenfalls mit schwarzem Haar bedeckt, Nase sehr breit, Nasenlöcher groß, Lippen wulstig und von schwarzem Haar umgeben. Zähne nicht regelmäßig, ein Fall von Polytrichie, mangelhafte Zahnbildung im Oberkiefer, nur die Backenzähne vorhanden, während Schneide- und Eckzähne fehlen. Die Zunge stellt sich als Fleischklumpen dar, Kinn klein, Ohren ungewöhnlich groß, Augen stark trüb, ausdruckslos.

Ihr wird ein Geburtsfehler attestiert. Auch ihre Nachkommen kann es treffen.

Man verfrachtet sie in die Kutsche. Das Pferd trabt nach Hause. Sie folgt Lent die Treppe hinauf, wie ein geprügelter Hund. Er schließt sie in ihre Kammer.

Julia mag nicht einmal Rosies leises Geplauder hören. Mag nicht essen. Will das Wandern der Sonnenritze über den Kammerboden nie mehr sehen.

Nur Mister Lent, der Gemahl, darf an ihr Bett.

Nach einigen Monaten kündigt Fairchild Lent das Haus in Wien. Er treibt seine Attraktionen weiter. Polen und Russland stehen auf dem Plan. Das Bauwerk der Transsibirischen Eisenbahn kurbelt dort die Wirtschaft an. Und dieser Geldfluss wird den Wert seiner zwei Aktien in die Höhe treiben.

Julia und Rosie schauen in die Wipfel der Bäume an der Bahntrassee. Ein Widerschein des Lichts sprenkelt ihren Schleier.

Mister Lent ist ein Getriebener. Er durcheilt die Welt, als gehe es noch immer aufwärts. Als suche er den Punkt auf dem Atlas, an dem ihm der Auftritt aller Auftritte bevorsteht. Wenn auf seinem Kompass die Nadel in eine andere Richtung zeigt, schiebt er seine Attraktionen ins Abteil der Eisenbahn. Für eine Weile ist er versunken ins Polster, liest die Zeitung und zwirbelt mit einer Hand gedankenverloren seinen Schnauz, bis das Zischen einiger Dampfstöße und das gellende Schleifen der bremsenden Bahn ihn das Fenster aufreißen lassen. Er schreit hinaus, der Lokomotivführer solle Dampf machen. Wenn die Eisenbahn nicht fährt, steigt er aus dem Compartiment, stürmt am Geleise entlang bis zu den Kohlenschauflern und macht ihnen mit der wedelnden Zeitung seine Eile klar. Er will volle Fahrt. Stillstand ist der Tod.

Ein Ort löscht den anderen aus.

Einer ist wie der andere.

Worin denn läge der Unterschied? In einer anders gemusterten Hoteltapete. In einem Publikum, das klatscht oder den Ausgang blockiert. In einem Auftritt vor vollem oder leerem Saal. Sie machen überall dieselbe Schau. Sie brechen auf, weil Mister Lent es beschlossen hat. Weil es im Notizbuch steht.

Die Blattbüschel flirren im Wind des Eisenbahnzugs. Den Bäumen am Bahndamm sind die Reisenden gleichgültig. Auch die Überlegungen der Reisenden sind ihnen gleichgültig. Deren kalte Füße und deren Kummer. Gleichgültig wie Hundedreck. Wegen der Zugluft muss Julia ihren Hut festhalten. Sie sieht ihren Herrn Gemahl von der Seite an. «Wird Mister Lent niemals müde?»

Er spottet über die kleinen Unannehmlichkeiten des ständigen Ortswechsels. Julia sei nicht genug abgehärtet. Zu verzärtelt. Er sei viel zu nachsichtig. Verwöhne sie zu sehr.

Sie krümmt ihre Finger um den Fensterrahmen und zeigt ihr Lächeln. Danach starrt sie aus dem Fenster. Auch die Dienerin schaut hinaus. Ihre Welt, das ist der Blick aus dem Fenster einer Eisenbahn oder einer Kutsche. Das sind vorbeiziehende Landschaften, Buchstabenketten von Stationsschildern und gepolsterte Séparées. Das ist ein Publikum, das in Gelächter ausbricht über den Anblick einer Affenfrau und das Ungeschick einer maskierten, halbnackten Pariserin.

Die Reisen höhlen Julia Pastrana aus.

«Ich sollte mir das schwere Herz aus der Brust reißen», gesteht Julia, die noch vor Monaten ihre Dienerin nach buntem Garn in den Laden geschickt hat. Jetzt ist es, als hätte sie alles schon gestickt und genäht. Und warte auf den Tod.

Auf der Reise durch Polen und nach Moskau übernimmt Lent vollends die Kontrolle über Julia Pastrana. Er gibt ihr kein gutes Wort. Manchmal schweigt er tagelang. Plötzlich packt ihn eine Unruhe, er gerät grundlos in Zorn und schleudert den nächstbesten Gegenstand gegen das nächstgelegene Ziel.

Immer häufiger steigert er sich in eine Erregung. Seine Wutanfälle sind gefährlich. Julia duckt sich. Wer kennt ihre verborgenen Gedanken? Die Affenfrau gehört Lent. Auch ihr versiegeltes Inneres gehört Lent.

Früh bricht der Winter ein. Die Pferde zerfurchen die Schneewehen mit der Brust. Doch Lent treibt seine Kutsche auf Kufen voran. Er ist nicht aufzuhalten. Die Reisenden sind in Decken gehüllt. Ihr Atem erstarrt zu kristallenen Tröpfchen. Frost verdrahtet Julias Bart. Sie klappert mit den Zähnen, hüstelt, ist erschöpft, lustlos und abgespannt.

Ein müde gewordenes Tier. Ein von Stadt zu Stadt geschlepptes Tier.

Die Fahrt muss unterbrochen werden. Die Dienerin richtet ihr ein Fußbad und wickelt sie in Decken. Krumm lehnt Julia im Stuhl, die Füße im Dampf eines Eimers voll heißen Wassers, das ungekämmte Barthaar verklebt von Schweiß. Fieber schüttelt sie. Der Impresario tigert umher und schimpft, weil Julia sich nicht zusammenreißt. Nicht einmal Audienzen sind möglich. Sie bringt nichts mehr ein. Null!

Ein Arzt wird gerufen.

Es wird erkannt, dass Julia Pastrana schwanger ist. Die

Frucht ihrer Liebe sei nun nicht länger zu verbergen, meint der Arzt. Doch ein Kind bedeute für Julia vielleicht den Tod. Der Arzt rät davon ab, dieses Kind zu gebären. Frau Lents Becken ist zu eng. Für eine Schwangerschaft ist sie nicht gebaut. Sie ist auch zu schwach von der Reise. Der starke öffentliche Zulauf hat Frau Lent sehr zugesetzt, findet der Arzt. Und das Risiko der Vererbung sei groß.

Mister Lent beult sich mit dem Wodka die Backen aus, ehe er ihn schluckt.

Julia wird das Kind bekommen!

Er schlägt den bodenlangen Pelz mit dem ausladenden Kragen um sich, setzt die Fellmütze auf und springt aufs Pferd. Im Schneegestöber klingelt das Silbergehänge immer leiser.

Die Schwangere streckt der Gefährtin beide Hände entgegen. Sie ist überzeugt, dass alles gutgeht. Dieses Kind kommt nach seinem Vater. Es wird schön und gesund sein, wie Theodor. Es wird ihr entgegenlachen, in ihren Bart greifen und ihr Gesicht zu sich herabziehen. Sie singt ihm mit ihrer weichen traurigen Stimme ein Wiegenlied. Theodor wird das Kind über alles lieben.

Am 20. März 1860 gebiert Julia in Moskau einen Sohn.

Ein klirrender Wintertag, Julia ist entkräftet. Die Geburt war schwer, sie verlor viel Blut. Doch sie ist überschwenglich vor Glück und drückt den Sprössling an die Brust. Sie lässt ihren Kleinen nicht eine Sekunde aus den Augen. Seine winzige Faust umklammert ihren Zeigefinger. Sie sammelt ihre ganze Aufmerksamkeit auf dem Zucken des kleinen Munds, dem Kneifen der Lider, dem Gewimmer und Ächzen. Sie will keine einzige Regung dieses Wunders verpassen.

Doch das Kind atmet immer flacher.

Tränen nässen ihren Bart, als Theodor Fairchild Lent sich über das eingehüllte kleine Wesen beugt. Sie zieht die Decke weg.

Das ist sein Sohn! Der Körper des Säuglings ist vollkommen behaart.

Der Impresario betrachtet den Goldbrocken an seiner ausgestreckten Hand. Dann verlässt er das Kindsbett. Ohne ein Wort. Ohne seinen Sohn berührt zu haben.

Theodor Fairchild Lents Zukunft ist gesichert. Das Kind, das Julia Pastrana ihm geschenkt hat, ist affenartig und erschreckend.

Er ist um eine Attraktion reicher. Er stößt an auf sein Glück.

Irgendwo. Mit irgendwem.

Das Kind lebt fünfunddreißig Stunden. Julia hält das tote Kind im Arm und singt ihm das Lied ihrer Mutter. Sie ersingt ihm die Welt, die es nie kennenlernen wird. Lieben und Leidenschaften, die es nie erfahren wird. Alle Freuden und Glücksmomente, die ganze Vielfalt und die tausendfältige Wahl, die ihrem Kind genommen sind. Sie sammelt sie ein mit ihrem Lied und erschließt dem Kleinen das Paradies.

Die Hebamme muss Julia den Sohn regelrecht entreißen. Als er fortgebracht wird, erlischt Julias Aufmerksamkeit für alle Wesen. Sie starrt zur Decke, ihre Hände fahren übers Bett, als ob sie noch den Abdruck seines Körperchens suchten, die letzte Delle seiner Lebenskraft.

Julia stirbt fünf Tage später. Es ist der 25. März 1860.

Der Gatte irgendwo. Mit irgendwem.

«Ich konnte nichts mehr für sie tun», gestand Rosie la Belle. «Nur Nächte durchwachen, Tränen trocknen, Lippen befeuchten, einen letzten Wunsch beherzigen. Eine Beerdigung als eine Art Mensch, einen Kranz, ja, mein pelziger Schmetterling, ich verspreche es. Julias Finger drückten die meinen, das Siegel in ihren Augen brach. Ich sah das Leuchten auf dem Grund. Ja, endlich hatte ich das Zauberwort zum Aufbrechen ihrer Siegel gefunden.»

Über das Ausmaß ihres Versprechens denkt Rosie nicht nach.

Eine Art Mensch. So habe die Gattin des schönen Mister Theodor Fairchild Lent sich ausgedrückt. Sie wollte etwas sein wie ein Mensch. Ihr ganzes Leben ist sie als minderes Geschöpf behandelt worden. Als Monster einer Freakshow. Sie hat es ertragen. Sie hat sich nie beklagt. Aber ihren letzten Weg will sie als ein Mensch zurücklegen. In Würde. Man soll an ihrem Grab beten, singen und ein paar freundliche Worte über sie sagen.

Eine Viertelstunde Ehrerbietung. Nicht mehr. Nicht weniger.

Bei seiner Rückkehr riecht Mister Lent nach Wein und dem Lavendel der Wäschespitzen einer anderen. Er taumelt ins Zimmer und findet eine Tote vor. Seine haarigen Attraktionen sind verloren. Sie hätten den Wert der Schau ums Vielfache gesteigert. Niemand hätte Opern hören und Ballettaufführungen sehen wollen. Die gefeierten Artisten wären mit einem Schlag von den Titelleisten der Zeitungen verschwunden. Man hätte nur noch vom großen Impresario Fairchild Lent und seinen Attraktionen geredet. Die Etablissements hätten sich um diese einzigartige Schau gerissen. In wenigen

Monaten wäre Lent nach China aufgebrochen. In einem Jahr hätte er mit seiner Einmaligkeit Amerika erreicht.

Er trauert um den Verlust der Aktien. Er beklagt den Zusammenbruch seines Schauimperiums. Dies ist das schwerwiegendste Ereignis, durch das er jetzt laviert.

Es vergehen nur Stunden.

Schon herrscht in seinem Haus ein Kommen und Gehen. Hinter verschlossener Tür wird verhandelt.

Die Dienerin schiebt der Toten die hellen Augenschalen zu, zieht ihr das weiße Hemd mit den Biesen am Plastron an. Umschlingt ihren Bart mit einem weißen Band und setzt ihr die gestickten Schmetterlinge ins Haar.

«Julia sah wieder aus wie ein vornehmes und sehr feines Mädchen.»

Der Witwer trägt sein bestes Gewand.

Rosie malt ihm die menschenwürdige Beerdigung aus, die sie Julia versprochen hat. Der Sarg muss lackiert und mit Beschlägen versehen sein. Träger wanken mit dem Sarg. Mister Lent und Rosie schreiten hinterher über den knirschenden Kies der Grabwege. Jemand wird beten. Jemand wird singen. Mister Lent und Rosie werden eine Kranzschärpe über den Erdhügel drapieren und hinunterschweigen aufs Grab.

Eine menschenwürdige Bestattung? Ein Grab? Ein Blumenkranz? Ein Versprechen in der Agonie? Mister Lent will kein Wort mehr hören. Er ist der Witwer. Der Trauernde. Derjenige, der die allerletzte Anordnung trifft. Er verfügt über die Leichen seiner Angehörigen. Sie werden nicht der Erde übergeben. Zum Vermodern sind sie ihm zu wertvoll.

Rosie ist unfähig, etwas zu tun. Unfähig, etwas zu wenden.

Er legt seiner jungen toten Frau den verstorbenen Säugling in den Arm, dann schaffen Träger die Leichen aus dem Haus. Ein Fuhrwerk wartet. Die Pferde sprengen mit ihrer Last auf dem Karren ins Schneegestöber.

Geld liegt auf Lents Tisch.

Die Lieferung geht ans Anatomische Institut der Universität von Moskau. Dort wird sie vom berühmtesten Präparator der Zeit schon erwartet.

Professor Sukolov ist Experte im Mumifizieren. Ein Vertrag sichert ihm das Einverständnis des Witwers zur weiteren Verwendung der gelieferten Leichen zu. Der Professor will sein neu entwickeltes Verfahren der Konservierung anwenden, von dem sein Institut sich die naturgetreue Erhaltung von Leichen verspricht.

«Meine Frau wünscht es so. Sie hat mich geliebt. Das Schaugeschäft war ihr Zuhause. Mit Leib und Seele war sie immer dabei. Sie war der abstoßende Liebling des Publikums und soll es immer bleiben.»

14

Betschart faltete Tücher, während ich noch eine Weile in seinem Coiffeurstuhl sitzen blieb, da es draußen regnete. Er fand, mein Schützling habe entweder ein mörderisches Gedächtnis oder aber eine überbordende Phantasie. Aber Rosie sei alt geworden. Wenn er mit ihr rede, schlage sie die Handfläche gegen ihr Ohr, weil sie meint, irgendein Geräusch vernommen zu haben. Aber noch immer trage sie diese Schlangenpumps, als tripple sie bis ans Lebensende über ein Tanzparkett.

«Armes Luder!», sagte Betschart. «Arme Irre!»

Im Dorni krachte die Axt eines Holzfällers in einen Stamm, und rauschend fiel ein Baum. Wir dachten voll Schrecken an Rosie, denn ab und zu stolperte sie rauchend bis zum Dorni. Man musste sie zurückholen, weil ein durch den Reistzug prasselnder Baum die sorglos Dahinstöckelnde hätte erschlagen können.

«Sucht sie im Dorni die Braut des Winds?», fragte mich Betschart. «Sucht sie unsere Gespenster? Will sie hier die Abnormitäten aller Jahrhunderte betrauern? In Morschach? Wegen einer einzigen unglückseligen Bartfrau, die vor undenkbar langer Zeit im Dorni zu Tod gekommen ist, zumindest sich da in Luft aufgelöst hat?»

Ich wusste die Antwort nicht. Es regnete inzwischen in Strömen. Der Himmel ertränkte den Ort. Regenstacheln zerfetzten die Blumen vor dem Armenhaus und pulten Kiesel aus der Silbergasse. Auch der Coiffeur setzte sich in einen Frisierstuhl. Bei diesem Wetter kamen keine Kunden. Nach langem Schweigen fragte er mich, welche Rolle ich in Rosies Memoiren spiele?

«Keine!»

«Nicht einmal du verstehst deinen Schützling, Armenvogt. Wir wissen nur, dass keiner von uns beiden eine Rolle in ihrem Leben spielt. Niemand versteht Rosie la Belle.»

Moskau. Ende März liegt noch immer Schnee. Für die neue Eisenbahn werden Schneisen durch die Wälder gezogen. Mister Lent tauscht den Erlös aus dem Verkauf der Leichen in hochverzinsliche Papiere. Rosie nimmt Julias Keksdose mit den gesammelten Schmetterlingen an sich, wirft die falschen Edelsteinketten hinein, schnappt sich die Kleider für das Séparée und ihre Parfümtiegel, schlägt den weißen Pelz um ihren Hals und verlässt den Mann, der einmal in ihr Leben gesprungen war.

Aber sie bleibt in Julias Nähe. Bereit, ihr Versprechen einzulösen.

Rosie la Belle ist nun neunzehn Jahre alt. Hat Erfahrung im Schaugeschäft. Kann in Moskau einer vornehmen Gesellschaft ihre Burlesque und Begleitung anbieten. Im richtigen Augenblick springen die richtigen Knöpfe von ihrem Kleid und aus dem fließenden Seidensatin spreizt sie ein langes, wohlgeformtes Bein.

Professor Sukolov beginnt unverzüglich mit der Mumifizierung der beiden Leichen. Dieser Prozess dauert sechs Monate. Das Resultat ist beeindruckend. Anders als bei den Mumien der alten Ägypter haben Julia und ihr Sohn, dank seines neuartigen und geheimen Verfahrens, ihre Farbe, Hautstruktur und ihr Aussehen bewahrt.

Die Ausgestopften wirken lebensecht.

Wissenschaftler kommen, um sie zu sehen. Diese Mumien gelten als die außerordentlichste Leistung auf dem Gebiet der Konservierung in dieser Zeit. Eine wegweisende Arbeit. Moskau setzt sich damit an die Weltspitze. Der Ruhm ist Professor Sukolov und seinem Anatomischen Institut gewiss.

Die Mumifizierten werden ins Anatomische Museum der Universität gestellt und nun auch der Öffentlichkeit gezeigt. Sie sind *die* Attraktion. Das Museum wird von Besuchern überrannt. Man bewundert das neue Verfahren. Es lässt Tote schöner und gesünder aussehen als je in ihrem

Leben. Verunsicherte Besucher treten auf verharrende Besucher zu und berühren sie, um herauszufinden, ob es Mumien sind.

Theodor Fairchild Lent erfährt von dem finanziellen Erfolg, den die Ausstellung seiner Familie in Moskau hat. Er eilt zum Museum und überzeugt sich von der Qualität der Arbeit von Professor Sukolov.

Er ist überwältigt.

Das Resultat ist geradezu eine Herausforderung für einen Aussteller von seinem Kaliber. Er vermutet, dass bei geschickter Vermarktung und schöner Präsentation mit der toten Attraktion mehr Geld zu machen wäre als zuvor mit der lebenden. Er könnte eine neue und außerordentliche Karriere starten.

Lent verlangt die Toten zurück.

Professor Sukolov lacht dem Dompteur ins Gesicht. Dieser hat ihm die Leichen abgetreten, mit allen Rechten. Zu welchem Zweck auch immer. Der Preis war hoch, um nicht zu sagen überrissen. Das Verfahren der Mumifizierung wurde auf Kosten des Instituts durchgeführt. Dieser Handel ist nicht rückgängig zu machen. Sukolov schlägt die Stiefel zusammen. «Empfehlung, mein Herr!»

Lent begibt sich vom Institut ohne Umweg ins amerikanische Konsulat und verlangt Gehör für die Angelegenheit eines amerikanischen Staatsbürgers. Er legt eine Heiratsurkunde vor. Sie ist gültig.

Er traure, sagt er, um seine geliebte Frau und seinen geliebten Sohn. Er sei verzweifelt vor Kummer. Er bitte untertänigst um die Herausgabe seiner Gattin, Frau Julia Fairchild Pastrana und seines einzigen Sohns.

«Es bricht mir das Herz.» Lents Worte. «Diese Zurschaustellung meiner Familie.» Seine Stimme erstickt. Er ringt um Worte, die seinem Kummer Ausdruck verleihen. Er ist am Boden zerstört. «Ich finde keine Ruhe, Tag und Nacht. Während dieser Leichenfledderer Sukolov Geld mit meinen Angehörigen scheffelt.»

Vor dem Konsul steht ein Verzweifelter, ein Gebrochener, ein Witwer in tiefster Trauer. Die Russen haben ein neues Verfahren zur Aufbahrung von Toten erfunden, präparieren amerikanische Staatsangehörige mit diesem Verfahren und schlagen Geld daraus.

Das amerikanische Konsulat setzt sich ohne Wenn und Aber bei der russischen Regierung für das Gesuch von Mister Fairchild Lent ein.

Note folgt auf Note. Erklärungen, Berichtigungen, Gegendarstellungen, Interventionen, Beschlüsse und deren Aufhebungen. Die Akte Lent nimmt einen Umfang an, der jeden anderen Menschen entmutigt hätte. Nicht aber Theodor Fairchild Lent. Nach einem Jahr vermag der Konsul auf dem diplomatischen Weg die Rückgabe der Exponate zu erwirken. Unter Verzicht auf Schadenersatz. Dem Witwer wird lediglich das Verbot auferlegt, die Ausgestopften auf russischem Gebiet zu zeigen. Dem Gesuchsteller werden die Angehörigen zur Heimführung überlassen, damit dieser sie ehrenvoll bestatte. Mit diesem Akt der Pietät kann das Dossier Julia Pastrana geschlossen werden.

Der Witwer weint vor Erleichterung.

Aber einer wie Lent unterwirft sich keinen Regeln. Er nutzt die Regeln zu seinen Gunsten. In seinem Notizbuch trägt er die Tour für seine neue Schau ein. Er rechnet aus, wie viele Besucher er zu welchem Eintrittspreis am Exponat vorbeischleusen kann.

Selbst bei einem bescheidenen Eintrittspreis kommt er auf einen grünen Zweig.

Als Julia noch lebte, hat er die Fortsetzung der Reise durch Russland bis nach China und von dort nach Amerika geplant. Jetzt geht er in die entgegengesetzte Richtung, zurück nach England. Er will im Land von Julias größtem Triumph noch einmal beginnen. Dieses Mal wird ihn keine Attraktion mit ihrer Laune und ihren Krankheiten aufhalten.

Er klappert alle gutgeführten, bekannten Etablissements ab. Mit dem Hinweis auf den Repräsentations- und Lehrcharakter seiner Relikte erhält er die Bewilligung, sein Glanzstück in wichtigen Museen und Raritätenkammern zu zeigen. Zu diesem Zweck lässt er einen Glaskasten bauen. Da hinein stellt er seine Julia.

Sie trägt eins ihrer vielen Tanzkostüme, während der Sohn einmal in einem Segleranzug, einmal in einem Rock gezeigt wird. Für eine wichtige Schau wählt Lent das rotseidene Flitterkleid. Julia hält kokett den Fächer vor die Brust und streckt einen Arm zum behaarten Sohn, der links auf einem Podest neben ihr sitzt. Von Haaren bedeckt, eingehüllt in seidigen Flitter, gleicht er einem unbekannten kleinen Tier, das als seltene Nippsache gedacht ist.

Rosie la Belle reist hinterher. Die Pläne des Impresarios sind nicht schwer zu erraten. Nicht für seine langjährige Dienerin. Überall wird sie von Lents Plakaten erwartet.

The Enbalmed Nondescript and her son.
Die Mumien der ungewöhnlichsten Kreaturen, die je auf dieser Welt gelebt haben.

Der Eintritt kostet nur einen Schilling.

Es sind immer Städte oder bedeutende Orte, in denen Lents Schau gastiert. Rosie kennt sich von der ersten Reise bereits etwas aus. Sie schlägt sich durch mit den Mitteln, die sie kennt und beherrscht. Sie trägt die Haut zu Markt. Lässt ihre Kleider fallen auf eine Art, die in gewissen Lokalen gefällt. Ihr Wert ist inzwischen gestiegen. Zigarre rauchend, ihre Volants über den Boden schleifend, spaziert Rosie mit ihrem weißen Pelz um die Schulter durch die Hauptstraßen. Von ihrem gewaltigen Hut hängt ein Band, das «Suivez-moi, Monsieur» bedeutet.

Es gibt Kabaretts mit einem Orchester und gedämpft beleuchteten Nischen. Sie zeigt dort ihr Album *Rosie la Belle*. Meistens erhält sie ein Engagement als Gast-Burlesque, ein neues Gesicht ist in dieser Branche ja immer gefragt. In Southampton darf sie die Rolle des erkrankten spanischen Tänzers übernehmen. Während die Flamencotänzerinnen klappern, spielt Rosie den werbenden Torero. Eine Rose steckt quer in ihrem Mund, sie schwenkt das Cape zurück, wirft den Kopf hoch und stampft einmal in diese, einmal in die andere Ecke, hüpft und verquirlt die Beine, als wäre sie ein Kampfstier mit Picaderos im Rücken.

In Bournemouth stürmt sie als Mitglied einer aufsehenerregenden Cancantruppe radschlagend auf die Bühne, schleudert johlend die Beine aus dem Rüschenrock und zeigt ihre Strumpfbänder. Der Komponist Jacques Offenbach hat dieses Musikstück für *Ophelia in der Unterwelt* geschrieben.

Dieser schnelle, exzentrische Gesellschaftstanz im Zweivierteltakt wird bald verboten, weil Ungeniertheit herrscht und man den Tänzerinnen beim Hochschleudern der Beine und den Spagatsprüngen unter die Röcke schauen kann.

In Exeter führt Rosie la Belle *Die maskierte Pariserin* vor. Diesmal steht kein Käfig auf der Bühne. Aber auch hier windet sich Rosie im extravaganten Seidenkleid an einer Stange zu einem Hochsitz hinauf, raucht Zigarre, springt mit Spreizschritt auf die Bühne und huscht mit maskierter Scham hinter den Vorhang.

Für wenige Tage klebt ein Streifen mit ihrem Namen über dem Kabarettaushang dieser Städte. Da und dort lässt sie sich, eingehüllt in ihre Schneestola, ins Séparée begleiten. Und zieht dann wieder weiter. Denn die Mumien setzen ihren Weg als Monster fort. Durch Spott. Durch Hohn. Durch Gelächter. Die Relikte reisen die Küste hinauf und hinab. In ihrem Schlepptau die Rosie la Belle mit ihrer Schulterwolke und den einladenden Bändchen am Hut, die bei jeder Herrenbekanntschaft zu schlängeln, wippen und säuseln beginnen.

Das Luder von der Fronalp. Eine Karriere. Englands Küste hinauf und hinab.

«Das Mädchen ist liederlich», musste der Waisenvater sich eingestanden haben. «Sie ist eine Schande. Ein Braten auf Teufels Karren.»

Ich, der Armenvogt dieses Orts, weiß nicht, was Rosie war. Ich weiß aus Erfahrung mit meinen Schützlingen, dass schwierige Zeiten zur Vernunft zwingen. Leute, die auf Teufels Karren reiten, sind nicht liederlich. Sie springen auf, um durchzukommen. Hatte Rosie denn eine Wahl? Mit zwei Beinen auf einem holpernden Karren durchs Leben kommen, das ist Balance. Die hohe Kunst des Gleichgewichts. Das ist keine Kleinigkeit. Es ist Übung und Tränen. So etwas erreicht man nicht durch das Anstarren seiner dampfenden Misthaufen.

«Was geht uns die Verrückte im Armenhaus an?», haben mich manche Bewohner gefragt. Sie hoben die Hände vors Gesicht, wenn Rosie im Salon des Coiffeurs zu reden begann.

Man wich ihr aus.

Schließlich löste sie allgemeine Entrüstung aus. Es war kurz vor Allerheiligen. Die Bewohner haben in meiner Amtsstube ihren Ärger über meinen Schützling ausgeschüttet. Es sei der Burlesque gelungen, innerhalb weniger Minuten alles hinwegzufegen, was den Leuten hier seit Generationen heilig ist. Rosie ist in die Kirche gedrungen, zu einer Zeit, da der Messmer nicht auf der Lauer lag. Sie benutzte diese fünf Minuten. Mit ihren Pumps ist sie über die Altäre gewetzt. Danach waren die Vasen leer.

«Ist das diese dringliche Angelegenheit der Rosie la Belle?»

Ich versuchte einzurenken. Die Aufgebrachten ließen keinen Einwand gelten. «Jetzt ist Schluss! Rosie muss für den Schaden aufkommen. Oder du, Armenvogt.»

Ich habe Rosie zur Rede gestellt. Sie erklärte, sie habe Blumen für ihren großen Kranz gesucht. Sie nehme die Blumen, die sie finde. «Herrgott, Armenvogt! Das musst du doch einsehen. Es gibt in diesem Ort nur in der Kirche Blumen.»

Eingewickelt in graue Militärdecken verbrachten die Insassen den ganzen Abend damit, den Schaden zu berechnen, den Rosie beim Verwüsten der Altäre hinterlassen hatte. Sie zählten den Schaden an den Fingern zusammen und waren überrascht von der Höhe der Summe. Auch die gestickten Altartücher zählten sie dazu, da sie verschmutzt und beschädigt waren. Sie lachten laut heraus. Die Summe war unbezahlbar. Sie war grotesk. Die Schuld konnte nicht abgearbeitet werden. Nicht in diesem Menschenleben. Die Insassen warfen ihre Wolldecken ab und schwangen sie wie Fahnen. Keiner hatte jemals so viel Geld auf einem Haufen gesehen. Für dieses Geld konnte man die Blumen von Nizza kaufen. Man konnte für Julia Pastrana den schönsten aller Kränze flechten

Ich habe alles in Ordnung gebracht.

In London reiht Rosie sich in den Strom der Museumsbesucher und lässt sich zur Sehenswürdigkeit treiben. Die Begegnung mit Julia sei schrecklich gewesen, erzählte Rosie. Julia hat auf sie gewartet in einer Pose des Tanzes. Der Präparator hat ein vollendetes Kunstwerk geschaffen, Mutter und Kind. Von Mister Lent sei sie nicht erkannt worden. «Ich stand im Hintergrund.»

Der Schausteller Lent wie immer, auf den Zehen wippend, mit den Augen auf der Suche nach hübschen Damen. Er plaudert neben dem Glasbehälter. Er spricht von Trauer, von Verlust. Seine Familie hat ihm alles bedeutet, sein Herzschlag, sein Leben. Er senkt den Mund auf die gefalteten Fingerspitzen, weil er, wie er gesteht, einen Augenblick an seine Familie denken müsse und von Gefühlen übermannt werde. Das Unglück packe ihn noch immer mit Gewalt. Er komme nie über den Schicksalsschlag hinweg.

Ein Profi. Jeder Effekt sitzt. Jeder Satz trifft.

Sein Publikum ist gerührt. Es trauert mit dem Liebenden.

Er erzählt von der Begegnung mit Julia in Boston. «Es war Liebe auf den ersten Blick.» Er drückt sein Taschentuch gegen die Augen.

Das Publikum wartet, bis er sich fasst. Als er wieder Worte findet, ist sein Ton kühl und beherrscht. Er weist auf Besonderheiten der Anomalie hin, der vorstehende Kiefer, das Gebiss, Behaarung bis zu den Lippen, Augenwülste und abstehende Ohren. Er endet mit der Schilderung von Julias wunderbarem Wesen, das ihn ihre Hässlichkeit vergessen ließ. Dazu deutet er auf das Lächeln, das Sukolov der Ausgestopften ins Gesicht gezaubert hat und auf den Glanzpunkt in den Glasaugen.

«Glücklich wie im Leben.»

Rosie will ihm eine Frage stellen. «Was fühlt ein Vater, wenn er sein ausgestopftes Kind im Glaskasten fürs Publikum ins Licht rückt?»

Rosie hat sich diese Frage schon lange zurechtgelegt. Sie will sich aus dem Publikum lösen und auf den Impresario zutreten wie «das englische Mädchen». Sie will ihm in die Augen schauen. Seine Belle mit dem Schneepelz über der Schulter und den sündigen langen Beinen, durch deren Traum er früher spazierte, gerade wie ihm beliebte.

Rosies Herz klopft. Wie früher in der Manege.

Julia blickt Rosie direkt in die Augen und zieht die Lippen breit, für alle Zeiten.

«Ich dachte, ich sinke in Ohnmacht. Ich konnte mich nicht rühren. Brachte nichts über die Lippen. Nicht ein Wort. Ich habe versagt», erzählte Rosie. Die Pastrana hat nie etwas verlangt, kein Geschenk, kein Geld, keine Aufmerksamkeit.

Sie hat meistens mit einer Handarbeit still dagesessen. Im Leben hatte sie keine Wünsche. Sie wollte nur einen würdevollen Tod. «Ich war unfähig, ihr den letzten Wunsch zu erfüllen.»

Mit Paukenschlägen und großem Publikum treten zu jener Zeit einige Artisten auf. Der Rumpfmensch Nikolai Wassiliewitsch Kobelkoff zieht mit seiner Kunst massenhaft Zuschauer an. Der König des Seils Jean-François Blondin balanciert mit verbundenen Augen über Straßenschluchten, schlägt den Salto mortale und fährt Veloziped von einem Hausgiebel zum andern. Und die schöne Maria Spelterini macht am Niagarafall ihren halsbrecherischen berühmten Gang übers Drahtseil.

Die Kapriolen der Schöpfung sind inzwischen besichtigt und ernten ein mitleidiges Schulterzucken. Naturalienkabinette sind zum Gähnen. Das Publikum hat keine Lust mehr, durch Korridore mit Schaukästen zu wandern, es hat genug von den Knöchelchen auf Etageren, den farblosen Fleischbrocken und Wucherungen in Einmachgläsern, genug von den Missgeburten in Spiritus, genug von Mief und Staub, von Unglück und Verwesung.

Impresario Fairchild Lent kommt mit seinen Mumien beim Publikum nicht mehr an. Die Zeiten der Freakshows sind vorbei, konservierte Monster wecken kein Interesse. Er hat jeden Kniff versucht, um seine Attraktion wieder in Schwung zu bringen.

Es ist vorbei.

Von seiner Belle hat er nie mehr gehört.

Er hat keine Ahnung, dass sie ihm folgt.

Aber Rosie weiß immer, was er treibt, dass er sich nach

anderen Attraktionen umschaut. Gegenwärtig zählt ihre Burlesque zu den Besten. Sie tritt unter dem Namen Lola dolorosa in einer vielbesuchten Nummer auf. Sie treibt den Zuschauern die Schamröte ins Gesicht. Eine Aktie, auf die es sich zu setzen lohnte.

Wann Impresario Lent in ihrem Kabarett auftaucht, ist nur eine Frage der Zeit.

Er besucht die Schau der Lola dolorosa in Begleitung von zwei Mädchen. Rosie lässt ihn mit einer Aufmerksamkeit empfangen, wie sie nur ein Vorzugsgast des Etablissements genießt. Die Herrschaften werden zum Séparée neben der Bühne geführt. Seine Begleiterinnen zwängen sich mit ihren üppigen Rüschenröcken kichernd ins rot genoppte Plüschpolster. Ihre Röcke heben sich wie Glocken. Während die Mädchen den Bausch ihrer Röcke unter den Bistrotisch bändigen, erklirren ihre unzähligen Kettchen, Glasperlchen und das Gehänge ihres Ohrschmucks. Danach legt jede einen Arm übers Polster, und der Impresario lehnt den Nacken auf ihre sich kreuzenden Arme zurück. Er legt jedem Mädchen eine Hand auf den Flatterrock und lässt sie dann unter den Tisch gleiten.

Wie an jedem Abend sind alle Séparées besetzt. Auch im Saal herrscht Gedränge. Auf den Tischen brennen Kerzen. Pünktlich setzen die Musiker sich mit ihren Instrumenten in den Graben. Der Ansager begrüßt die Gäste zur absolut einmaligen Darbietung von Lola dolorosa. Erstmals wird eine Bühne von Glühlampen in gleißendes Licht getaucht. Und man klatscht. Elektrisches Licht! Zu Lola dolorosa. Ein geschickter Doppeleffekt. Die Nacht wird zum Tag. Rosie la Belle ist eine gute Schülerin von Impresario Lent.

Sie weiß dieses Wunder der Zeit für ihre Zwecke zu nutzen. Der Blick der Zuschauer fällt auf einen Wandschirm. Dahinter brennt Glühlicht, so dass die Umrisse einer weiblichen Gestalt auf den dünnen Stoff des Wandschirms gezeichnet werden. Lola dolorosa öffnet die Häkchen ihrer Kleider, streift eins ums andere ab, faltet jedes Stück und hängt es über den Wandschirm, ruhig und würdevoll. Das Ritual einer Vestalin. Die Halbnackte bindet sich einen Schmetterling ans Handgelenk, räkelt sich, nimmt ein paar tiefe Atemzüge, und dann setzt sie sich eine Maske auf. Mit einem Tritt durchbricht sie den Wandschirm. Sie wirft eine Peitsche über die Schulter und schreitet am Bühnenrand entlang, um ihr Opfer zu wählen. Mit einem Ruck dreht sie sich zum Séparée von Lent. Vor Schrecken fällt ihm die Asche seiner Zigarre auf den Bauch. Er erkennt den Glücksbringer von Julia. Mit drei langen Wiegeschritten erreicht Lola dolorosa seinen Tisch, knallt einmal mit der Peitsche, reißt Lent aus seiner samtenen Nische und schleppt ihn an den Enden seines Seidenschals zur Bühnenmitte. Dort verpasst sie ihm einen Tritt in die Rippen, wirft ihn zu Boden und setzt sich ihm rittlings auf die Brust.

«Das ist für Julia Pastrana!»

Sie fetzt das Rüschenhemd aus seiner Hose und trommelt auf seine Brust. Man meint, die Burlesque habe nie etwas anderes gemacht, als mit bloßen Händen Bretter zu zertrümmern.

«Das ist für Julias Sohn!»

Er massiert sich die Leiste. Er trägt noch immer den Zylinder. Sein dünner, gealterter Hals windet sich. Die Begleiterinnen von Lent müssen mit ansehen, wie der berühmte Impresario von den hämmernden Fäusten der Lola dolorosa traktiert wird und wie er abwehrend die Finger mit dem Goldbrocken in die Höhe hebt. Wie ihr Gentleman auf dem Boden liegt, mit seinem weißen Schal und dem zerfetzten, gerüschten Blütenhemd. Er erinnert an einen glasierten Truthahn, die Schlegel im Tortenkrepp.

Lola dolorosa springt auf und stellt eine Stiefelspitze auf seinen Bauch.

Sein Tiger schaut auf den Dompteur herab. Lent hat begriffen. Dies waren die fünf Minuten von Rosie la Belle als seine Donna assoluta. Das Publikum vernimmt das Knacken jedes einzelnen von Lolas langgezogenen Fingern. Es antwortet mit gellenden Pfiffen der Begeisterung.

«Allez hopp!» Sie reicht ihrem Opfer die Hand, um ihm hochzuhelfen, damit es sich mit seiner Meisterin für diese Darbietung im rauschenden Applaus verbeuge.

Der Impresario wirft die Locken zurück, verneigt sich nach allen Seiten und lächelt ins Publikum, als spiele er im sensationellen Glühlicht dieses Etablissements jeden Abend den gequälten Partner der Lola. Die Mädchen in seinem Séparée spenden ihm stehende Ovationen.

Impresario Lent trennt sich von seinem Glaskasten. Er vermietet die ausgestopften Relikte an ein ausländisches Kuriositätenkabinett. Julia und ihr Sohn treten die Schaureise nach Schweden an.

Für einige Zeit ist Mister Lent wie vom Erdboden verschluckt.

Als Rosie endlich eine Notiz über den Impresario in der Zeitung findet, hält er sich in Karlsbad auf. Er hat wieder geheiratet. Seine Frau ist siebzehn Jahre alt, heißt Maria Bartels und zeigt dieselbe Abnormität wie Julia.

Bei der Hochzeit gibt er das Versprechen, seine Frau niemals in einer Schau auftreten zu lassen. Niemals Geld mit ihrem Gebrechen zu machen. Er ist reich genug und kann ihr ein schönes Leben bieten. Aber bald tingelt er mit seiner Bartfrau durch Deutschland. Sie wird als Zenora Pastrana zur Schau gestellt. Auch sie hat Federn und Blumen im Haar. Und um ihren Hals schmiegen sich Halsketten mit falschen Juwelen. Auch sie tanzt Pepita. Alles an ihr erinnert an Julia.

Schwestern?, fragt sein Plakat.

Nach einiger Zeit holt er seinen Glaskasten aus Schweden, um die Ausgestopften erneut zu verwerten. Er zeigt Zenora Pastrana nun zusammen mit Julia und deren Söhnchen. Diesmal kündigt er sie an als »Eine Familie von Bartharigen», die den Defekt auf den Nachwuchs überträgt.

Die Darbietung ist nicht sehr erfolgreich.

Kein Vergleich zum lebhaften Interesse, das ein Schausteller mit dem Namen Unthan hervorruft. Zu seiner Untersuchung reisen unter der Führung von Professor Virchow fünfhundert Wissenschaftler an. Die Geschicklichkeit des Rumpfmenschen zieht die Zuschauer in Bann. Der Arm- und Beinlose kann mit überraschender Geschwindigkeit seinen Frack anziehen, Flaschen entkorken, Kuchen schneiden, Karten mischen und geben, sowie mit Violin- und Pistonvorträgen unterhalten.

Unthans Show gibt dem Publikum ein Gefühl der Hoffnung. Der Tag ist grau und trostlos. Es gibt unzählige Kriegsverletzte, Arbeitsunfälle, Opfer von Maschinen. Aber Unthan zeigt, dass ein Benachteiligter mit Willen und Hartnäckigkeit seinen Alltag ohne Hilfe bewältigen kann.

Für den Anblick von Monstern gibt das Publikum kein

Geld mehr aus. Es will keine haarige Familie sehen. Es will sich die Kette von Unglück nicht vor Augen führen, das Schicksal ist zu trostlos. Und in diesen Zeiten braucht man Hoffnung.

Impresario Lent zieht einen Strich unter die Zahl in seinem Notizbuch. Für Zenora Pastrana muss ein attraktiveres Programm zusammengestellt werden.

Die Ausgestopften vermietet Lent an ein Museum in Wien. Zirkusdirektor Signor Saltarino besucht dort die Pastrana und ihr Kind. Später veröffentlicht er seine Erinnerung an Julia Pastrana. «Sie hatten ein schreckliches Leichengrinsen im Gesicht. Draußen strömte der Regen auf die Schaubuden herab, ein wimmernder Wind umtoste das Zelt und man hatte Mitleid mit den beiden.»

Lent wird seinen Glaskasten niemals wiedersehen. Er spielt nicht mehr den Trauernden, sondern reist mit der jungen Zenora. Aber ihre Berühmtheit reicht nicht an diejenige von Julia heran. Diese bleibt für alle Zeit «die hässlichste Frau der Welt». Das Paar hat aber keine Geldsorgen. Lent ist reich. Seinen Wohlstand verdankt er der Pastrana. Er könnte sich jetzt zur Ruhe setzen. Doch Theodor Lent hat eine neue Idee zur Ankurbelung des Schaugeschäfts.

In seiner brandneuen Nummer gibt er Zenora als Julia aus. Die Konfusion des Publikums kümmert ihn wenig. Im Gegenteil, er schürt die Diskussion. Der Schausteller ist wieder ganz in seinem Element. Julia lebt! Sie ist zurück! Die hässlichste Frau der Welt tingelt wieder durch die Schaubuden, singt, zeigt spanische Pepitatänze und antwortet in mehreren Sprachen.

Aber auch dieser Versuch misslingt. Die ehemaligen Geschäftspartner wenden sich anderen Sensationen zu. Den Kunstschützen, Gedankenlesern, Seiltänzern, Virtuosen, Zauberern. Tierhändler bringen neuartige Geschöpfe aus fernen Ländern und beleben das Schaugeschäft mit Riesen, Däumlingen und Kraftprotzen, wie sie noch nie gezeigt wurden.

Das Ehepaar Lent beendet seine Reisen und zieht sich zurück. Doch gibt es die Schaustellerei nicht gänzlich auf. Es übernimmt im Jahr 1880 in Petersburg ein kleines Wachsmuseum. Zum ersten Mal kehrt im Leben von Fairchild Lent etwas Ruhe ein.

Doch der Privatier kann seinen Wohlstand nicht genießen. Er wird von Albträumen heimgesucht, am hellichten Tag. Mit Geldscheinen rennt er nackt aus dem Haus und lässt es Banknoten regnen. Bündelweise schleudert er Noten in die Luft und badet johlend in seinen Scheinen. Die Passanten rennen zusammen und haschen nach den Noten, die der Wind verweht. Es ist lange her, dass in Lents Vorführung ein solcher Andrang geherrscht hat, dass sein Publikum ihn beinah erdrückte. An diesem Tag ist er der Mittelpunkt der Stadt Petersburg. Alle wollen ihn sehen, alle drängen zu den herumwirbelnden Scheinen. Tanzend bricht Lent in Gelächter aus. Er kann nicht aufhören zu lachen. Gekrümmt vor Lachen stürzt er zu Boden. Mitten in seine Scheine.

Man munkelt, dies sei das Geld eines Affen. Ein Affe habe seinen Dompteur um den Verstand gebracht. Ein Arzt stellt Wahnsinn fest. Lent verschwindet hinter den Mauern eines russischen Irrenhauses. Er ist vierundfünfzig Jahre alt. «Sie haben den größten Dompteur der Welt im Tollhaus mit der Peitsche gezähmt», erzählte Rosie. «Nieder auf deine Knie! Wie er es mit seinem Tiger und seiner Affenfrau getan hat.»

Kurz nach seiner Einweisung stirbt Theodor Fairchild Lent.

Rosie la Belle weint ihm keine Träne nach. Die sich einst für ihn in Stücke hätte reißen lassen, die ihm alles bedeuten wollte. Seine Donna assoluta. Sie kann nicht um ihn weinen.

Die Aktien gehen in den Besitz seiner Witwe über. Das Haus in Petersburg, das Wachsmuseum, die im Notizbuch aufgeführten Werte, das Recht zur Schaustellung und auch der Glaskasten. Selbst Julia und ihr Sohn gehören jetzt ihr. Für Zenora beginnt ein neuer Abschnitt im Leben. Sie siedelt nach München über. In Deutschland tritt sie nun als Bartfrau Zenora Pastrana auf. Sie hat keinen Promoter. Sie vermarktet sich selbst. Ihr werden Klugheit, Eleganz und eine gute Hand fürs Geschäft nachgesagt.

Sie verfolgt einen Plan. Schritt um Schritt.

Als Erstes lässt sie den Glaskasten mit den Ausgestopften vors Publikum bringen. Sie stellt sich neben Julia zum Beweis, dass Zenora nicht Julia ist. Nie gewesen ist. Die erste und zweite Frau Lent haben sich nicht einmal gekannt. Alles andere ist eine Erfindung des Impresarios. Er hat sein Publikum betrogen. Er hat Julia und Zenora betrogen. Er hat alle zum Opfer seines Irrsinns gemacht.

Nach dieser Richtigstellung verbannt sie die geerbten Anhängsel ihres Mannes, samt dem gläsernen Schrein, aus ihrer Arena. Lange genug musste Zenora das Leben von Julia führen. Nun will sie dieses Relikt aus den Augen haben.

Kurz darauf zieht die Witwe Lent sich vom Geschäft zurück. Der Tod von Theodor hat sie zu einer wohlhabenden Dame gemacht. Sie wendet sich neuen Dingen zu. Der schönen Kunst, den Leidenschaften und Tragödien auf den Bühnen. Sie heiratet einen sehr jungen Mann und verbraucht mit ihm das große Vermögen, das ihr Verblichener mit den Attraktionen Julia und Rosie angehäuft hat.

Die Ausgestopften kommen in die anthropologische Ausstellung des Promoters Gassner in München. Er zeigt sie mit anderen Relikten an unzähligen Messen und Ausstellungen. Die Exponate reisen von Ort zu Ort. Es gibt kaum einen Studienkurs, der diese Bartfamilie nicht durchgesprochen, betrachtet und gezeichnet hat. Im Jahr 1895 bietet Gassner seine Relikte in Wien bei einem Treffen von Schauleuten zum Verkauf. Den Zuschlag erhält der Meistbietende.

Sie wechseln nun mehrmals den Besitzer.

Rosie ist noch immer eine attraktive Frau. Manchmal trifft sie der Kristallblick eines Mannes. Doch nie schmilzt sie hin. Sie folgt den Mumien wie dem Stern von Bethlehem. Die versprochenen letzten, auf einem Friedhof in Würde abgeschrittenen Meter fehlen. Rosie will Julia Pastrana und dem Kind wenigstens mit ihrer Anwesenheit die Ehre erweisen.

Eine endlose Reise beginnt. Sie führt zu den Rumpelkammern der Museen. Wo immer Rosie auf die Affenfrau trifft, richtet diese den Blick auf ihre ehemalige Gefährtin und fragt nach der Erfüllung des Versprechens.

Der Erste Weltkrieg setzt den Freakshows ein Ende. Kriegsversehrte kehren zu Hunderttausenden heim. Das Wunder der Natur erscheint noch auf Ausstellungen und

Jahrmärkten zusammen mit anderen Raritäten. Die Besucher treiben zu den Gondeln, den Süßigkeiten, zum Wurfballspiel. Im Naturalienkabinett schaut man sich im Vorübergehen die in Schaukästen aufgespießten Beutestücke an, dann die Einmachgläser mit Missgeburten, schließlich landet man beim angekündigten «Wunder an Hässlichkeit». Ein Luftzug bewegt die angefressene Ärmelrüsche um Julias verweste Finger, die einen Fächer vor die Brust halten. In ihrem abgeschossenen Seidenputz scheint sie mit ihrem Kind von weit her zu kommen. Sie stellt ein Stiefelchen auf die Spitze, um zu einer unhörbaren Musik eine Pirouette zu drehen.

Sie tanzt über den Rand der Zeit.

Das Ein- und Auspacken, Transportieren, Verstauen, Hervorholen, Anfassen und Umkleiden schadet den Schaustücken. Sie verschleißen sich mehr und mehr, bis sie sich am Ende von einem tierähnlichen in einen pflanzlichen Zustand verwandeln und nur die leuchtenden Glasaugen im Faserhaufen an etwas wie eine Kreatur erinnern.

Ein Mister Lund kauft sie für die norwegische Schreckenskammer. Man nennt das Ausstellungsstück «Apewoman». Der Besitzer hat vermutlich keine Ahnung, dass es sich um mumifizierte Menschen handelt.

Rosie verliert die Spur der Mumien. Auch sie zerfällt. Plötzlich meidet sie das Gaslicht der Metropolen. Die Volants an ihrem Kleid fransen aus. Motten haben das Fell ihrer Stola zerfressen. Der Pelz ist nur noch die Andeutung einer Schulterwolke. Rosie spaziert an dunklen Flussufern entlang, lehnt sich an einen Brückenpfeiler und spreizt ihre Lilabeine aus dem Schlitz des Kleids.

Sie macht es im Stehen, mit geschlossenen Augen, den Rock gerafft. Gleichgültig wie eine Tote. Sie hält dem Freier die offene Hand hin. Er legt einen Obolus hinein. Oder auch nicht.

Ich habe zur Schilderung meines Schützlings genickt. Wer kennt sich aus in dem verworrenen Fadenknäuel, das Rosies Leben gewesen ist?

«Träume zerbröckeln», sagte ich. «Aber du, Rosie, hast einige Perlen aufgehoben.»

Mein Leben ist eine Kette aus Belanglosigkeiten. Ich habe das bisher hingenommen. Ich habe überhaupt nicht darüber nachgedacht, sondern bin durch die Zeit getrabt, ohne nach Perlen zu suchen, die am Weg eines jeden Menschen liegen. Nun, da ich Rosies Memoiren kenne, bedaure ich jeden sinnlos verschwendeten Tag.

Bisher habe kein Schützling so viel Zuwendung gebraucht wie Rosie la Belle, behaupteten die Kunden von Coiffeur Betschart. Einmal im Monat lassen sie sich die Matte auf ihrem Kopf scheren. Die Tür des Salons steht immer offen. So können die Kunden sehen, wenn sich draußen etwas bewegt.

«Seht unsern Armenvogt! Wie er über die Silbergasse federt. Diese Burlesque hat es ihm angetan. Gut sieht er aus, mit seinem neuen Oberlippenbart, die Schuhe poliert und immer den Hemdkragen gestärkt.»

Ich bin oft in die Silbergasse gegangen. Es stimmt.

Unerwartet erschien ich im Armenhaus. Kaum hat mein Hut an der Garderobe gehangen, ist Rosie durch die Kammern gewetzt und hat die Insassen aus ihrem Schlummer getrommelt. Sie riss ihre Wollweste von der Brust und tanzte über den Küchentisch, weil sie Admirer hatte.

Danach hat sie ihre Zigarre zwischen die Zähne geklemmt, vor den Insassen des Armenhauses ihre Keksdose aufspringen lassen und den Schmetterling auf dem Armband herumgezeigt. «Das ist der Glücksbringer von Miss Julia Pastrana.»

Die in ihre Decken gerollten Käfer haben hineingestaunt in diese blecherne Dose, die den ganzen Reichtum von unserer Spitzen-Burlesque enthielt. Und sie zum Schniefen brachte, wenn immer sie die Schachtel aufspringen ließ. Von allen Schätzen ihres Lebens war Rosie nur dieser Glücksbringer geblieben. Das Hütekind von der Fronalp hatte Löcher in der aufgespannten Schürze. Was hineinfiel, ist durch den Stoff hindurchgeprasselt. Nur die Geschichte und Julias Schmetterling sind haftengeblieben.

Eines Abends beim Abschminken stemmt Rosie ihre Arme ins Waschbecken und schaut ihr welkes Gesicht an. Sie muss an den kommenden Abend denken, da sie sich wieder an einen Brückenpfeiler pressen lässt. Sie nimmt einen Parfümtiegel in die Hand und bestaunt die zerbrechliche Schönheit, geschaffen für einen Hauch von Hoffnung, der so rasch und spurlos verweht.

Angekommen in diesem Lebensabschnitt, hat Lola Montez Schönheitsratgeber verfasst und sich für «gefallene Mädchen» eingesetzt. Rosie fegt die Puderdosen, Tiegel und Haarklammern vom Toilettentisch und beschließt, den Weg der Montez zu verlassen.

«Es gibt Augenblicke der Klarheit, Armenvogt. Dann weißt du, was zu tun ist.»

Die Jagd nach den Mumien ist vorüber. Die Metropolen sind abgeklappert. Sie stopft die zerfressene Schulterwolke in den Müll und kehrt nach Morschach zurück. Will nur noch eins: dem Wind einen großen Kranz übergeben. Denn Tote ohne Grab verwahrt der Wind. Er pflückt Blumen und letzte Worte aus der Luft und trägt sie den Toten zu. Nichts geht verloren.

Irgendwann stöckelte Rosie nicht mehr durch die Silbergasse, um im Coiffeursalon die Wimpern zu biegen. Statt in der Damenkabine saß sie im Armenhaus am Fenster, mit tief über die Augen gezogener Cloche. Lila Laufmaschen bahnten sich Gassen über ihre Beine.

«Wie siehst du denn aus, ma Belle, mit dem zerdrückten Hut, den zerfetzten Strümpfen? Dort ist ein Spiegel!»

Aber Rosie hob müde den Blick zu mir. Im Spiegel, sagte sie, begegne ihr nur die Pastrana.

Rosie ist noch einmal zum Friedhof getrippelt, um einen Platz für Julias Grab abzustecken. Dort hat sie Blumen hingelegt und ihre Lilastrümpfe als Kranzschlaufe über den Erdhügel drapiert. Auf der einen Hälfte sollte stehen: «Rosie la Belle» in Gold. Auf der andern Hälfte: «Für den menschlichsten Menschen.»

Sie hielt lange Andacht. Als ich Rosie an der Schulter berührte, um sie ins Heim zu führen, hat sie mit letzter Kraft die Zigarre in meine Hand gedrückt.

Nach ihrer Rückkehr ins Armenhaus legte sie sich ins Bett. Sie ist nicht wieder aufgestanden. Man hat mich geholt, mitten in der Nacht. Die Keksdose lag auf ihrer Brust. Ich suchte im Sammelsurium das Band mit dem Schmetterling, das ihr Mister Lent mit der Peitsche vom Arm geschlagen hatte, und knotete ihr den Glücksbringer um die Hand. Sie lächelte. Sonnen zerplatzten im Moos ihrer Augen. Rosies letztes Bild.

Rosie la Belle ruht auf dem kleinen Friedhof, in dem für Julia bestimmten Feld. Es gibt keine Blumen auf ihrem Grab. Sie wollte es so. Ich übergebe meine Blumen dem Wind. Auch Coiffeur Betschart zweigt von den Blumen für seine verstorbenen Kunden immer einige ab und wirft seinen Strauß über den Fels. Für die Affenfrau Julia. Und für die Bartfrau vom Dorni. Für diese zwei Bräute des Winds reichen die Blumen aus unserem Dorf.